藤野智哉
精神科医

精神科医が本気で書いた
心をいやす物語

anata no ibasho ha koko ni aru

「あなたの居場所」はここにある

徳間書店

プロローグ

prologue

1

いつの間にか一年が終わろうとしている。寒さを感じると毎年、そう思っている。コートの襟《えり》を立て、スマホの時計に視線を落とした。待ち合わせまではまだ時間があるけれど、外で待っていたら冷えてしまう。指定のカフェのドアを開けると、昔ながらの鈴の音がちりんと鳴った。

カフェの壁にかけられた鏡に、自分の顔が映りこむ。仕事帰りの疲れた会社員。それ以外に何の感想も浮かばない。一つに結《ゆ》わえた髪からおくれ毛がみすぼらしく出てしまっているのに気づき、耳にかけてごまかす。

暗い店内に、コーヒーの香りがただよっている。そう、これから会う重野《しげの》さんは、とてもコーヒーが好きな人だった。

重野さんは父の友人であり、父が経営していた書店の常連さんだ。実家に住んでいた頃は何度か家族ぐるみで夕飯を共にしたこともあるし、顔を見かけるたびに話しかけてくれていた。もともと人との交流が好きな人なんだと思う。

しかし、私が直接こうして呼び出されるのは、初めてのことだ。何も更新せず放置していたＦａｃｅｂｏｏｋにメッセージが届いていて、驚いた。実家で触れたあたたかな人柄を忘れていたら、不審に思って無視したかもしれない。

丁寧な文章で綴《つづ》られた「会って話がしたい」というメッセージ。重野さんと私の接点と言えば、父くらいしか想像できない。

父と私の関係性は希薄だ。大学進学を機に上京してからは、ほとんどやりとりがない。最後に話したのは、いつだろう。最近の父を知らないからこそ、思い出すのは昔の姿ばかり。そんな私が、重野さんから何を話されるのか。見当がつかなくて緊張する。

ちりん、と鈴が鳴って、すらりと背筋が伸びた初老の男性が入ってきた。すぐ私に気がつき、向かいの席に座る。

「りんちゃん、久しぶりだね。今日は時間をつくってくれて、ありがとう」

重野さんはロマンスグレーの髪の毛をきれいに整えていて、上品なメガネの奥の目は優しさに満ちた笑みを浮かべている。脱いだコートも、その下に着たシャツとチョッキも、強く主張しないが質の良さが伝わってくる。

「ここのコーヒー、とてもおいしいんだ。東京で一番好きなお店でね」

重野さんからそう説明されながら、メニューの一番上のブレンドコーヒーを注文する。たくさんの銘柄が並んでいたが、どれを選んだらいいかわからなかった。

「仕事は順調かい？　確か教材を販売している会社なんだよね」

「はい、相変わらずって感じです。重野さんは……」

「僕は定年退職してから東京に越してきて、コーヒーの研究ばかりしているよ。奥さんから、飽きるからたまには紅茶も淹《い》れてよって笑われるくらい」

重野さんは父と同年代だから、きっとお子さんも成人しているのだろう。昔から家族や趣味の話を屈託《くったく》なくする人で、ほんとうに充実した生活を送っているんだろうな、と想像できる。

一方の私は、これといった趣味もなければ、好きな人もいない。重野さんの子どもくらいの年齢なのに、心は私のほうが枯れてしまっているかもしれない。充実感がにじみ出ている人を前にすると、そういうことを考えて、気分が沈んでしまう。

テーブルに運ばれてきたコーヒーを口に運ぶと、複雑でまろやかな香りが鼻を抜けた。コーヒーのことはあまり詳しくないが、これがおいしいコーヒーの香りなんだということはわかる。重野さんも、心からその味わいや香りを楽しんでいるようで、しばらく沈黙が流れた。

「……そう、それで、今日わざわざ時間をもらった件なんだけれど」

重野さんはカップを置き、私の目をまっすぐ見て、一呼吸置いてから言った。

「絵本の移動図書室を、一緒にやらないかい？」

耳慣れない言葉に、固まってしまった。

2

重野さんは、私の父が経営していた『葦田《あしだ》書店』の常連だった。ふらりと散歩の途中に来て、父と雑談を交《か》わしてから、気になった本を買っていく。

自宅と店舗がつながっていたけれど、私はほとんど書店に顔を出さなかった。厳格な父の聖域という感じがしたし、本に対する熱い想いも私にはない。だから葦田書店への思い入れは、娘である私よりも、常連だった重野さんのほうが強いだろう。

葦田書店を閉業すると母から連絡が来たのは、今年の夏の終わりごろだった。メッセージにはそれ以外の情報がなかった。

私はしばらく悩んだあと、「おつかれさまでした」とだけ返信を送った。

お金は大丈夫だろうか。店の片付けに人手が要《い》るかもしれない。それよりも、あんなに書店に打ち込んできた父と、それをサポートしてきた母は、精神的にショックを受けていないだろうか。

たくさんの心配が頭をよぎったが、聞いたところで助けられるわけでもない。私だってお金に余裕があるわけではないし、東京の会社に勤務しているのにフットワーク軽く店じまいを手伝うこともできない。言い訳を頭の中で組み立てて、私は母にそれ以上聞こうとはしなかった。

それきり母に連絡をとらなかったし、向こうからも連絡はなかった。

「お父さんが、その後、体調を崩しているのは知っている？」

重野さんからの問いかけで、私の意識は現実に戻ってくる。

「……いえ、知りませんでした」

重野さんは眉間《みけん》にしわを寄せて、声のトーンを落とす。

「閉業前後は、本当に大変だったらしい。業務自体はもちろん、精神的な負担も大きかったんだろうね。あらかたの片付けが終わったあと、ぷつりと糸が切れたみたいに、お父さんは動けなくなった。僕も何度かお見舞いに行ったんだけれど、本人は話すのもしんどそうでね」

あの父が……。その事実に対するショックはもちろん大きいが、それより、私に対して何の連絡もないことに衝撃を受ける。そんなにひどい状態になっても、娘なのに、報《しら》せてもらえないなんて。

「りんちゃんに連絡がなかったのは、きっと心配かけないためだったんじゃないかな」

私の心の動きを読んだように、重野さんは付け加える。

「それで、この前お見舞いに行ったとき、りんちゃんのお母さんから絵本の在庫だけは買い取って手元に残したっていう話を聞いたんだよ。それでね、ひらめいたんだ」

私は先ほど重野さんが言った、耳慣れない言葉に立ち戻る。

「絵本の、移動、図書室」

「そう」

重野さんはカバンの中からクリアファイルを取り出して、その中に挟んだ数枚の写真をテーブルに出す。それは、白いキャンピングカーだ。いや、キャンピングカーではないかもしれない。車内の写真を見ると、簡易なキッチンと棚がつけられていて、まるで小さな店のようなレイアウトだ。

「退職後の夢を叶《かな》えるために、おもいきって買ったんだ」

重野さんはすこし照れた笑いを浮かべて説明する。

「いつかコーヒーショップを開いてみたかったんだけれど、店舗経営となるといろいろ準備が大変でね。何か方法はないかと調べていたら、こういう車で各地を移動して、コーヒースタンドを出店する人が増えていることを知ったんだ。これなら、できるかもしれないと思ってさ」

私はただただ、その行動力に感心しながら頷《うなず》き続ける。

「ただ、やっぱり初めてのことだから不安が大きくてね。僕のコーヒーでお客さんに満足してもらえるのかな、いきなりオープンしてお客さんは来るのかなって」

そう言いながら、重野さんはプリントアウトされたドキュメントを見せる。それは、同じような車に本を積んで書店を開いているという人のインタビュー記事だった。

インタビューを受けている人は書店の経営者で、商品の一部を車で運び、不定期で出張店を開いているそうだ。いろいろな場所に本を届けられることの楽しさ、一期一会の魅力などが語られていた。

ひと通り記事を読んで、私は視線を重野さんに戻す。だんだんと話の全貌が見えてきたからこそ、戸惑いも大きくなってきていた。

「つまり、葦田書店が残した絵本と、重野さんのコーヒーで、移動図書室をやる……っていうことですか？」

「その通り。移動図書室でサービスのコーヒーを提供する形なら、コーヒースタンドを開く前のお試しというか、腕試しができるかもしれないと思ったんだ。販売せずに貸し出す形にすれば、葦田書店の貴重な絵本を手放すことにもならないし」

私の頭の中に、だんだんとイメージがわいてくる。白い車から覗《のぞ》く絵本たち。ただようコーヒーの匂《にお》い。道を通りがかった人が、ふとその存在に気がついて足を止めて、絵本を手に取る……。勝手にふくらんだイメージが素敵であることにハッとして、私は現実に戻ってくる。

「た、確かにいいアイデアだと思います。でも、私は無理です。だって、平日の日中は仕事をしていますし、絵本の知識は全然ないし……」

「仕事以外の時間で、無理のないときだけ不定期でやるなら、どうかな。絵本だって、必ずしもりんちゃんが詳しくなる必要はないかもしれない。話しやすい環境さえあれば、自然と絵本を手に取ってもらえるんじゃないかな。もちろん言い出しっぺは僕だから、出店許可を取るとか、事務的な業務は僕に任せて」

重野さんは優しくて、紳士だ。でも、少年のように目を輝かせているときだけは、周りの人を呑《の》みこんでしまうようなエネルギーを発し始める。今もそういうモードになっていた。寡黙な父も、この重野さんの力に惹《ひ》かれて、いつも楽しそうに話していたのだろう。

「準備だけでも、手伝ってくれたら嬉しいな」

あと一押し、という感じで重野さんが付け加える。

きっと私の中途半端な言い訳では、重野さんの気持ちを折ることは到底できない。

そう思ったから、私はしぶしぶ答えた。

「……じゃあ……準備の手伝いをしながら、もうちょっと考えてみます」

重野さんは「ありがとう！　助かるよ」と明るい声になり、頭を下げた。

3

もともと休日の予定なんてほとんどない日々だったから、重野さんの準備の手伝いを始めてから、生活が一変した。

「図書室の貸し出しルールはどうしよう」

「私たちが不定期で、しかも平日の日中以外で活動するなら、厳密な返却期限は設けないほうがいいんじゃないでしょうか。そのほうが絵本を借りる皆さんも、運営する側も、お互いマイペースで楽しめますよね」

「確かに。それに、場所が変わっていくことも考えると、借りた人たちが次の活動日や場所をチェックできるようにしたほうがいい」

「それなら、貸出カードに二次元コードをつければいいんじゃないでしょうか。そのリンク先に活動日と場所の一覧を載せておけば、来てもらいやすいかな、と」

「りんちゃん、ナイスアイデア！　こういうデジタルの技術のことは、僕があんまりよく知らないから助かるよ」

そうやって重野さんと相談しながら、ルールづくりや備品の準備などを進めた。たいした手伝いはしていなかったが、ささいなことでもすぐに重野さんが褒《ほ》めてくれるので、そのたびに胸のあたりがそわそわした。ときめいているというわけではなく、単純に褒められることに慣れていないのだ。

「あと、図書室の名前を決めたいね」

「名前……」

それほど考えることなく、あるひらめきが降りてきた。葦田書店の絵本が起点になった活動だから、名前にするならひとつしかない。

「アルファベットで『ASHI』。シンプルだけど、葦田書店の名前を入れられるし、絵本が移動していく『足』のイメージもしやすいかなって」

重野さんはこのアイデアを盛大に褒めてくれた。我ながら、ほんとうにしっくりくる名前だなと嬉しくなる。

そのあたりから、次第に準備していること自体が楽しくなってきた。

車体にASHIの名をプリントしよう。制服は準備するのが大変だから、エプロンをしよう。そのエプロンにも、ASHIの文字を刺繍《ししゅう》しよう。夜に活動することが多くなりそうだから、照明をつけよう。ランタンなんて、雰囲気があっていいかもしれない……。

みるみるうちにASHIは形になっていった。

「試しに絵本を積んでみたよ」

そう言って重野さんがＡＳＨＩの名を入れた車を走らせてきたときは、思わず拍手を送るくらいに高揚した。

ドアを開けると、車内はギュッと書店を詰め込んだような空間になっている。紙の本の匂い。私にとってこの匂いは、実家の匂いでもあった。でも実家には、もう葦田書店はないんだ。そう思うと、複雑な気持ちが押し寄せてくる。

今ここに積まれた絵本たちは、もう存在しない過去の葦田書店を、すこしだけ現在に残したようなものなのだ。そう思うと、絵本に触れる指先が震えた。

「ここで淹《い》れたコーヒー、飲んでみる？」

「はい、ぜひ」

重野さんはキッチンスペースに置いてあったケトルのスイッチを入れる。細長い曲線美が印象的な注《そそ》ぎ口からして、きっとコーヒーに特化したケトルなのだろうと想像できる。

私は重野さんがコーヒーの準備をしている間、並んでいる絵本の背表紙をなぞっていく。並んでいるタイトルたちは、私の想像力をくすぐる。ふと気になった一冊を指で捉《とら》え、手に持って、ページを開いてみる。

物語の中に、一気に引きこまれた。

「……ちゃん、りんちゃん、コーヒーできたよ」

ハッとする。豊かなコーヒーの香りが漂っている。重野さんがカフェでよく見る温かい飲み物用の厚手の紙カップを差し出してくれていた。

「あ、すみません。集中しちゃってて」

「ごめんね、邪魔しちゃったかな。読み終わるのを見計らって、声をかけたんだけど」

「ありがとうございます」

私はコーヒーに口をつける。そして驚きの顔を重野さんに向ける。

「……おいしい」

「ありがとう」

「ほんとうに、すごくおいしいです」

重野さんは私の反応がよほど嬉しかったようで、珍しく顔をくしゃりと崩しながら笑った。

「その絵本、面白かった？」

「はい。すごく。びっくりしました。野菜がぜんぶ大嫌いだった男の子が、たまたまおいしいタマネギに出会ってから、自分の苦手な味のものとおいしいと感じるものを選《よ》り分けていく話だったんですけど、その男の子にすっごく共感しちゃって。だいたい嫌いとか苦手とか思っているものって、それ全体を避《さ》けるようになるじゃないですか。でも、意外とほんとうに嫌いだったり苦手だったりすることって、ほんの一部で、そのほかのことは楽しめたりするのかも。……って、今回、ＡＳＨＩの準備をしていて、私が感じていたことに重なりました」

重野さんは感心したような目で私を見つめて、明るく問いかける。

「……で、りんちゃん。どうだろう、この活動、一緒にやってみない？」

私の中に、火が灯《とも》っていた。その火はまだ小さいけれど、確かに熱を帯びていた。

「……やります」

重野さんは「そうこなくちゃ！」と笑みをこぼし、手を差し出す。その手を握ると、ここから新しい物語が始まるんだ、と心臓が高鳴った。

「でも、活動を始める前に」

私は絵本が並ぶ本棚に目を移す。

「まずは私がここにある絵本をぜんぶ借ります。読ませてください」

かくして私は、移動図書室で絵本を紹介する人という、新しくて一風変わった役職を得た。

「あなたの居場所」はここにある　目次

第1話

しあわせの黄色いドラゴン

1

夕暮れどき、ぽつぽつとマンションの窓に明かりが灯《と》り始める。シンプルな書体で『ＡＳＨＩ』と印字されたケータリングトラックのスライド式ドアを開いた。本の匂いがふわりと抜けていく。

今日の開店場所は、住宅街とオフィス街の間をとりもつような公園前の広場。ここは夕方から夜にかけて、仕事帰りの人たちが多く通る。公園のシンボルマークでもある桜の木が、葉桜になりかけている。春とも夏とも区別しづらい風は、肌にあたると心地いい。

私はドアの側面上部のフックにおおぶりなランタンをひっかけ、深呼吸して『ＡＳＨＩ』の刺繍《ししゅう》が入ったリネンのエプロンを身にまとう。移動図書室を始めた頃は緊張していたこの準備時間も、今ではこれから新しい出会いが待っていることに対する楽しみのほうが勝る。

「今日のおすすめの本は、どれにしようかな」

私はコーヒーの準備を進める重野《しげの》さんに聞こえるくらいの声でつぶやきながら、おすすめの本を並べるための簡易な棚を車の前に設置する。

「あたたかくなってくると、カラフルな絵本が読みたくなるね」

そう答えてくれた重野さんは、ロマンスグレーの髪をさっぱりと整えて、今日は季節に合った暖色のシャツを着こなしていた。

「じゃあ、今日は色をテーマに選びます」

本棚を指でなぞり、色合いがとびきり美しい本を数冊選んで、表紙が見えるように並べなおす。

「いいチョイスだね」

重野さんは、小さなことでも私を褒めてくれる人だ。褒められるたびに胸のあたりがくすぐったくなって、反応に困ってしまう。私はたいてい、半笑いして首をかしげる。重野さんとＡＳＨＩの活動を始めてから、自分が褒められ慣れていないことを実感することが多くなった。

並べなおした棚を少し遠目から確認していると、「あ」という声が背後から飛んできた。

振り返ると、そこには長身の若い男性が立っている。ぴしりとしたスーツに、余白を作ることなく締められたネクタイ。手元には、見るからに重量感のあるビジネスバッグ。整った顔立ちと締まった体が、フレッシュなビジネスマンの印象をより強めていた。

振り返った私と目が合ってしまって、男性はばつが悪そうに目をそらし、小さく頭を下げた。思わず声を出してしまった、という感じだ。

重野さんの知り合いかと思ったが、立ち位置的に、彼が驚いた目線の先にあるのは、おすすめの絵本を並べた本棚だった。

「あの、もしよければ、絵本、見ていきますか?」

私がおそるおそる訊《き》いてみると、彼はすばやく腕時計を確認して、眉《まゆ》を寄せた。何か言いたそうにして口をつぐむ表情の変化を見て、私は「どうぞ話してください」と伝わるよう、視線を送る。

「あの、実は今、仕事の途中なんです。取引先での予定が早く終わって、同行していた上司は次の予定があったので、会社への帰り道で久々に一人になれただけなので……。これからすぐ会社に帰らなきゃいけないんです」

切羽詰《せっぱ》まった早口から急いでいるということが伝わってきた。彼はそのまま、息継ぎなく話し続ける。

「その絵本、僕知っているんです。思い出の絵本なんです。表紙を見て、思わず声が出ちゃって。日本でも売っているんですね。初めて見ました」

彼の人差し指の先にあるのは、いましがたおすすめの本として並べたうちの一冊だ。真っ青な空に、鮮やかな黄色い羽を大きく広げて飛ぶドラゴンが、ひときわ輝いていた。

ドラゴンの絵本を手に取って、貸し出せることを説明しようと口を開いたが、次の言葉は彼に追い越されてしまった。

「あの、もしよかったら取り置きしておいてもらえませんか。名刺を置いていくので」

「と、取り置きですか。えっと、ASHIは……」

「今日中に取りに来なかったらキャンセルで大丈夫です。なるべく早めに来るので。すみません、よろしくお願いいたします」

名刺を渡す所作だけは早口と対照的に丁寧で、流れるように美しい。たじろぎながらも、その一方的な儀式に気圧《けお》されるように名刺を受け取る。

「無理を言ってすみません！　よろしくお願いいたします！」

深々と勢いよく頭を下げたあと、彼はオフィス街の方向へ足早に駆けていってしまった。

「いやあ、すごい勢いだったね」

やりとりを見ていた重野さんの呼びかけに対してまばたきを数回して、ようやく平常心を取り戻す。やりとりを思い返して、頭を抱えた。

「古本屋と誤解してましたよね。ちゃんと図書室だって説明できなくて、ごめんなさい。絵本を売ることはできないんだけれど、大丈夫かな」

受け取った名刺には、加賀巧《かがたくみ》という名前が書かれていた。肩書はジュニアコンサルタント。アルファベットの略称をかっこよくロゴ化した社名が、名刺の端できらりと輝いている。名刺と絵本を見比べると、まるで違う世界のものだった。

「きっとこの絵本は、加賀さんにとって大切な絵本なんですね。あんなに忙しそうなのに、一瞬見ただけでわかったんだから。貸し出すことしかできないけれど、それで満足してもらえるなら、この絵本、加賀さんに借りてもらいたいな」

ＡＳＨＩは絵本の移動図書室だ。本棚を並べたケータリングトラックで、さまざまな場所へと走る。私はこの移動図書室を、重野さんと共に運営している。

と言っても、平日の日中は会社員として事務職に就《つ》いているので、移動図書室の活動をしているのは平日の夜か休日のみ。毎日やっているわけでもなく、活動は不定期だ。すこし変わった趣味と言ってもいいかもしれない。

場所が変われば、道行く人も変わる。でも、ＡＳＨＩに足を吸い寄せられる人には、共通点がある。何か心にわだかまりや不安があって、それに向き合う時間の中で、絵本というものにヒントを求めていることだ。

私はそんな人たちの言葉に耳を傾けて、その人の心を動かす一冊を探し出すことに、自分なりの幸せを見いだし始めている。

私はおすすめの棚ではなく、人の目につかないところにドラゴンの絵本を移動した。

ASHIを訪れた人から取り置きをお願いされたのは初めてだが、今回は特別対応だ。在庫は一冊しかない。もしもほかの誰かに貸し出してしまえば、返却期限を設けていないので、いつまた貸し出せるチャンスが来るかもわからない。彼が来るまで、この絵本が誰の目にも留まらないようにしようと決めた。重野さんもその判断に賛同してくれたようで、深く頷いてコーヒーを淹れ始めた。

「今晩は、僕らが大丈夫なかぎり、ゆっくり待ってみようか」


その日は夜が更《ふ》けたあとも、ランタンの灯《ひ》に引き寄せられた人たちがぽつぽつと訪れた。仕事の話、家族の話、過去の話。絵本をめくりながら思い出されるあれこれを話す人たちに、コーヒーを一杯手渡す。そして絵本を借りていく人、手ぶらで帰る人の後ろ姿を見送る。ときに絵本を返しに来る人もいる。誰かとの時間を過ごして返ってきた絵本たちは、何かひとつの使命を終えたような表情で、本棚に戻っていく。

2

気がつけば、時刻は二十二時を回っていた。人の往来も少なくなってくる。もうそろそろ、明日の仕事のことを考えると片付けを始めたほうがいいだろう。私はドラゴンの絵本を横目で見て、ため息をつく。

「またASHIを探して、来てくれるかもしれないよ」

重野さんの励ましの言葉を受けて、私はようやく重い腰を上げた。すると、遠くから「すみません！」と聞き覚えのある声が飛んでくる。目を細めて夜道に目をこらすと、長身のスーツ姿が一直線にこちらに向かって走ってきた。私は重野さんと目を合わせて、笑顔で彼を迎える。

「すみません、もう、片付けてましたよね。というか、こんなに遅くまで、やってるとは、思ってませんでした」

「今日はたまたま遅くまで出してたんです。間に合ってよかった」

加賀さんは走ってきたことで乱れた息を整えながら、取り出したペットボトルの水をごくごくと飲んだ。

「もうずっと残業続きで。今日も頑張って早く終わらせたほうなんですけど、もうお店は閉まっているだろうなって、あきらめてました」

「お仕事、大変なんですね」

「そういう業界で働いてますからね。いや、業界のせいにしちゃだめですね。自分が仕事を効率よくできないのが一番の原因です。周りが優秀な人たちばかりだから、全然ついていけません。もっと頑張らないと」

加賀さんは髪の毛を耳にかけるようなしぐさをした。それほど髪の毛が長いわけではないので、思わず目で追ってしまう。それが耳たぶをつねる動作だということに気がついたのは、耳たぶが軽く赤くなっていたからだ。

「ところで、あの絵本、まだありますか」

「はい、取っておきました。でも、ＡＳＨＩは古本屋ではなくて、図書室なんです。だからこの絵本を貸し出すことはできても、売ることはできません。それでも大丈夫でしょうか」

　私が言葉を選びながらおそるおそる事情を説明すると、加賀さんは逆に頭を下げた。

「すみません、てっきり古本屋だと思って取り置きなんて頼んじゃって」

「いや、全然！　そんな謝らないでください」

　取っておいた絵本を見せると、加賀さんはホッとしたように顔をほころばせた。

「むしろ、借りるだけでいいんです。この絵本、実家にはあるんです。自分の手元にないだけで」

「そうなんですね、よかった。加賀さんの思い出の絵本、でしたよね」

「はい。幼い頃、父が海外出張のお土産に買ってきてくれたものです。それは日本語訳されていない現地のもので、僕は絵から物語を一生けん命想像して、何度も繰り返し読んでいました。この絵本が好きだったことは覚えているんですけど、中身については記憶が曖昧《あいまい》なので、もう一度日本語訳で読んでみたいな、と思って」

「そういう経緯があったんですね。現地の絵本をお土産に選んでくるなんて、素敵なお父様ですね」

私は浮かんだ感想を素直に言葉にしたのだが、加賀さんの表情が曇《くも》る。すこしさみしそうな笑いを浮かべて、首を振った。

「どうなんでしょう。お土産の思い出は残っているのに、父との思い出はほとんどありませんから。忙しい人だったんですよ。仕事ばかりで」

そこまで話してから、加賀さんは言葉を切る。何かに気づいたように。私は次の言葉を待ち、重野さんはコーヒーを持ってくる。

「もしよければ、飲みますか」

「ありがとうございます。え、コーヒーのお代は……」

「じつは、コーヒースタンドの開業に向けて、腕試し中なんです。ですから、まずは味を楽しんでもらってから、お代はお気持ちで、ということにしています」

重野さんの説明を聞いて、加賀さんは「なるほど」と頷き、コーヒーが入った紙コップを両手で包んだ。コーヒーが手元にあると、それだけで時間にゆとりのようなものが生まれる。一口飲んで、加賀さんは「おいしいですね」と笑みを浮かべた。その反応に、重野さんと私は顔を見合わせ、ほっと胸をなでおろす。

加賀さんはしばらくコーヒーを味わってから、ため息まじりに話を始めた。

「忙しくて家にほとんど帰ってこない父のことを良く思っていなかったんですけど、今の自分も結局同じです。優秀な人材として活躍しなきゃと頑張れば頑張るほど、あるべき姿からは遠のいていくというか。何やってるんだろうって、よくわからなくなってきます」

「加賀さんが思う優秀な人って、どんな人たちなんですか」

加賀さんは驚いた表情で私を見つめて、常識を説くような口調で説明し始めた。

「どんなって、要は仕事ができるんですよ。俯瞰《ふかん》して物事を捉えられるし、クライアントの期待値を超える提案ができる。対応のスピードも桁違《けたちが》いで、どんなに忙しくてもインプットを欠かさない。残業を連日続けていても、ぜんぜん疲れた表情を見せません。いつも前を向いて、ポジティブに考えているんです。僕も早くそういうふうになりたいんですけど、なかなかなれなくて」

その説明を聞き終えても、いまいちぴんとこない。加賀さんと私は違う人間だから、すべて理解できないのは当然のことだ。相手と自分の間にある考えの違いのすべてを指摘する必要もないだろう。それでも、加賀さんの言葉を聞いていると、どうにも疑問が残ってしまう。

「確かに、そういう人が周りにいたら、きっと『すごいな』とは思うんですけど。加賀さんがおなじ姿を目指す必要はあるのかな、って考えちゃって」

加賀さんは虚《きょ》を衝《つ》かれたような顔をしたあと、呆《あき》れまじりの笑いを浮かべた。

「会社から高く評価される姿を目指すのは当たり前じゃないですか。クライアントにより高い価値を提供するためというのはもちろんですけど、頑張らないまま、成長しないままでいることなんて、あるべき姿から一番遠い。それだけはダメです」

「あるべき姿、ですか」

加賀さんがどんどん早口になっていくので、私は言葉の一部を繰り返すことしかできない。加賀さんは明らかに苛立《いらだ》っていた。今の私は加賀さんから見たら、仕事ができない、あるべき姿から遠い人間に見えているのかもしれない。

もっと言葉と言葉の間に余白があれば次の問いを探せたかもしれないけれど、それ以上加賀さんに問いかけるのは、今は難しそうだった。

　二人の間に流れる重い沈黙を察してか、重野さんがドラゴンの絵本を加賀さんに手渡す。

「とりあえず、すこしでもゆっくりできるときに、この絵本を読んでみて。ね」

　重野さんは加賀さんの目の奥を見つめて、「ね」ともう一度繰り返す。

　加賀さんは重野さんから目をそらし、「はい」と小さく頷いて、私のほうにも無言で頭を下げた。叱《しか》られた子どものような表情をしている。

「あの、返却期限ってどれくらいですか。忙しいので、いつ返しに来られるかわからなくて」

「返却期限は決まっていません。明日でも、一週間後でも、一ヵ月後でも、一年後でも。本との向き合い方は、人それぞれですから」

　私は新しい貸出カードを用意しながら、初めて絵本を借りる人に話す定型で説明する。裏面に絵本のタイトルと今日の日付を書き足し、できるだけやさしく、貸出カードを手渡した。

「表面のコードを読み取ってもらうと、今後のオープン予定と場所を確認できます。

平日の夜か休日の昼、不定期でオープンします」

加賀さんは貸出カードと絵本を重ねてから私と向き合い、しばらくしてから口を開いた。

「あの、えっと、あなたは」

「葦田です」

「葦田さんは、この移動図書室を仕事としてやっているわけではないですよね」

「はい、この活動でお金は入ってこないので。趣味みたいなものです。コーヒーも明確な価格設定はしていません。だから、仕事が終わったあとの夜や休日の時間をつかって、無理がない範囲で活動しています」

その答えを聞いて、今度は加賀さんがいまいちぴんとこない、という表情を浮かべた。

「どうして、お金にならないことを？」

「私、絵本を返しにきた皆さんの感想を聞くのが好きなんです。だから、加賀さんの感想も楽しみにしています」

「そうですか……。あ、コーヒー、すごくおいしかったですよ。ごちそうさまです」

カフェでコーヒーを飲むときくらいの金額を、加賀さんが手渡してくれた。重野さんは深々と頭を下げる。

加賀さんの背中を重野さんと二人で見送ったあと、私は片付けをしながら、加賀さんの赤らんだ耳たぶを思い出していた。

どうして加賀さんは、あんなに苦しそうだったのだろう。もしも心の底から「優秀になりたい」と思って頑張っているなら、自分の体に対して、あんなことはしないはずなのに。

私がいくら考えを巡らせても、加賀さん自身は変わらない。それでも、彼は絵本に目を留めて立ち止まってくれた人だから、これが変化のきっかけになればいいと願ってしまう。

「絵本を読むことは、きっと彼にとっていい時間になると思うよ。大丈夫」

私の想いを汲み取るように、重野さんは言った。

加賀さんは、絵本からどんなメッセージを受け取るのだろう。仕事から離れた時間のなかで、何か気づきがありますように。私はそっと、ランタンのスイッチを切った。

3

私が勤める会社は、法人向けの人材教育用教材を販売している。オフィスはこぢんまりしたビルのワンフロアで、社員数も少ない。

もともと研修やワークショップでつかうマニュアル制作を強みとしてきたので、Eラーニングが浸透し始めてからは、主事業の業績が芳《かんば》しくない。今年の新年会で「デジタル化の流れに乗るべく、Eラーニングの教材をつくる新規事業を立ち上げる」と社長から壮大な計画が語られたとき、社員一同の熱量が上がるのを感じたが、私のやる気には火がつかなかった。

「相変わらず、葦田さんはマイペースだねぇ」

上司の呼びかけにハッとして、初めてノートパソコンから視線を上げる。

振り返ると、みんなで蛍光灯の付け替えをしていたようだ。言われてみれば、さっきから後ろでバタバタしているのが聞こえていたような気がするが、考え事に夢中で環境音として聞き流してしまっていた。

備品室から新しい蛍光灯を持ってきた人、脚立《きゃたつ》を支えている人、古い蛍光灯のごみ処理について確認する人。それぞれが必要な役回りに対応しているのに、私は席に座ったままだ。

「すみません、その、集中しすぎて気づかなくて」

「別にいいんだよ、うん」

上司も怒っている様子ではないが、私は、またやってしまった、と心の中で反省する。みんなが足並みをそろえる瞬間に一歩遅れてしまうことがよくあるからだ。やるべき仕事はやっているが、それ以上の期待には応えられない。これが私なんだ。

でも、私よりももっと大きいプレッシャーや反省を、加賀さんは日々感じているのかもしれない。最近、仕事をしながら加賀さんのことを思い出すことが多かった。

加賀さんがドラゴンの絵本を持ち帰ってから、ちょうど一週間が過ぎる。今日の仕事が終わったら、あの日と同じ場所でＡＳＨＩをオープンする予定だ。加賀さんが来るかどうかはわからないが、来たとしたら、この一週間で自分が考えたことを話して、もっと加賀さんの言葉に耳を傾けよう、と決めていた。

蛍光灯の付け替えに対応していた、先輩の高塚《たかつか》さんが隣の席に戻ってくる。私よりも三年ほど前から働いていて、コミュニケーション力もある彼女は、みんなから慕《した》われている。

高塚さんはどうやら上司と私のやりとりを聞いていたらしく、面白おかしそうな声でひそひそと耳打ちされた。

「ねえ、ちょっとひとやすみしない？」

人付き合いが苦手な私をフォローするためか、高塚さんはときどき私を休憩に誘う。いつも給湯室に二人でこもって、数分ばかり雑談をする。付け替えたばかりの蛍光灯は異様に明るくて、見上げると目が痛い。高塚さんもまぶしそうに目を細めながら、ポットのお茶をカップに注いでいる。

「蛍光灯が切れただけで、みんなそろってバタバタするのも変だよね。『みんながやってるから、できることしなきゃ』って、勝手に体が動いちゃうんだよ」

「私はその『しなきゃ』って感覚が鈍いというか、みんなと足並みそろえて頑張るのが苦手で、なんだか申し訳ないです」

「ぜんぜん気にしなくていいと思う。みんながみんな同じ形で頑張るなんて、無理じゃん。私たちは毎日こうして出勤しているだけで、いや、呼吸しているだけでえらいんです」

高塚さんはオーバーに胸を張って見せる。その姿がおかしくて、私はプッとふきだした。かすかに感じていた心の荷《に》が軽くなる。

自分だけが頑張れていないと実感すると、自分は何かが欠けている人間なのだと考え始めてしまう。その不安を解消するためには、周囲と照らし合わせて自分を理想に近づけるための努力をしなければならない。

そうやって思い詰めていった先で、加賀さんは不安を抱えているのかもしれない。

そして私は、もともとそういうことが苦手だとあきらめていて、自分に期待していないから、まだすこし楽に息ができるのかもしれない。

しばらく考え込んでいると、高塚さんが私の顔を覗き込んできた。何か悩んでいるのね、と言いたげに。私は加賀さんを思い浮かべつつ、言葉を紡《つむ》いでいく。

「私とは逆に『しなきゃ』って感覚が鋭い人もいますよね。そのために無理をして、頑張れてしまう人。そういう人に頑張りすぎないでって伝えたいとき、高塚さんならどうしますか」

「ふうむ、なるほど」

高塚さんはあごを指でさする。

「頑張り屋さんに『頑張りすぎないで』って伝えるのは、なかなか難しいよね。頼ってって言っても、なかなか頼れないだろうし。きっとそういう人は、周りの『こうあるべき』に染まっていることに、自分で気づけていないんだと思う。だから、そもそもどうして頑張るんだっけ、それは自分の幸せのためなんだっけ、って考えられたらいいのかも。そうしたら、何に対して自分が頑張ればいいのか、自然とわかってくるはずだから。って言っても、自分ひとりで考えるのはやっぱり難しいから、葦田さんが一緒に考えてあげればいいんじゃない？」

そういえば、加賀さんは仕事や仕事仲間の話ばかりしていたけれど、その話からは加賀さんの幸せの形が見えてこなかった。

自分の幸せのために。私は高塚さんのアドバイスを胸に刻む。

「ありがとうございます。次にその人と会えたとき、一緒に答えを探してみます」

「いいね。葦田さんからそういう話されるの、実はちょっと嬉しいよ。さてさて、午後の仕事もほどほどに頑張っちゃいますか」

給湯室のドアを勢いよく開ける高塚さんの背中に、私は感謝の一礼をした。

4

その日の晩、ＡＳＨＩにはいつもよりたくさんの人が訪れた。一人ひとりと絵本を通じて向き合う中で、意外とたくさんの人が自分の幸せを見失っているのかもしれない、と気づく。

環境や置かれた立場は違っても、周囲の『こうあるべき』という圧力を感じて頑張ってしまう人は多いのだろう。『こうあるべき』だと言われたり、感じたりしたときに、それに染まらないでいることには勇気がいる。何か理由がなければ、染まってしまったほうが楽だとすら感じるかもしれない。

けれど、そうやって周囲に染まっていくうちに、自分が幸せだと思う時間はなくなって、やがて自分の幸せが何だったのかすらわからなくなる。

その晩、遅い時間帯になって加賀さんが来たとき、私にはまだ話している最中の別のお客さんがいた。私は加賀さんの姿を目の端《はし》で確認しつつも、今向き合っている人に向けておすすめの絵本の紹介を続ける。代わりに重野さんが加賀さんに対応していたが、ほどなく加賀さんは来た道を帰ってしまった。こころなしかその後ろ姿は、元気がないように見えた。

「重野さん、加賀さんは」

対応を終えて重野さんに聞けたのは、それから十分ほど経《た》ったあとだ。

「この前、りんちゃんに強くあたってしまったことを、一言謝りたかったんだって。お客さんの対応をしているのを見て、忙しそうだからって、帰っていったよ。まだ絵本は借りていたいから、また返しに来るってさ」

私はタイミングの悪さを呪っていたが、重野さんは「そのほかにも話、聞けたよ」と続ける。

「加賀さん元気なかったから、何かあったのか訊《き》いてみたんだ。そうしたら、ちょっと前に大学時代の友人から、起業について相談を受けたんだって。コンサルタントとして活躍する加賀さんから、事業計画について意見が欲しいって。それを忙しいからって断ったことを、すごく後悔したんだってさ。りんちゃんにも強くあたっちゃったし、友人の助けにもなれなかった、自分は本当にだめな人間だって」

「そんなことないのに」

思わず強く割って入ってしまう。重野さんはやわらかく笑って、しばらく間を置いて話を続けた。

「うまくいかないことが続くと、どんどん自分を責めてしまうよね。きっと加賀さん、今日はその話を誰かにしたくてＡＳＨＩに来たんだと思うよ」

「直接話を聞けなくて、残念です」

「大丈夫。また来るって約束したから。それに、加賀さんの手元には思い出の絵本があるから。自分と向き合う時間をちゃんと作れているはずだよ」

重野さんは私の不安を丁寧に取り払うように、ゆっくりと語りかけてくれた。

「りんちゃんも、あまり思い詰めないようにね」

思い詰めないように。その言葉を反芻《はんすう》しながら、私は自分がどうして加賀さんのことをここまで気にかけているのか、考える。

うまくいかない状況の中で自分が全部ダメなんだと責めてしまう気持ちに共感し、自分自身もまた救われたいと願っているからかもしれない。

優秀な人になろうと頑張れば頑張るほど、うまくいかない。自分が何のために頑張っているのかわからない。そう語っていた加賀さんは、実家で暮らしていた頃の自分の姿と重なる。

5

物心ついた頃から、書店の経営に没頭する父と母の背中を見ながら、なるべく二人に迷惑をかけないように努めていた。手がかからない娘として、こうふるまったほうがいい、これはやらないほうがいい、と、あれこれ考えては二人の顔色をうかがっていたのだ。だって、彼らには自分よりも優先すべき書店という存在があるから。

両親の目が私に向けられるのは、私が何か失敗したときだけだった。だから怒られることは極力避けて、彼らを悩ませることは言わないようにしよう。それが正しい、この親のもとに生まれた子どもとしてあるべき姿だと信じていた。

でも、そうやって自分を抑えこんで生きるうちに、親とどう関わったらいいのか、自分の想いはどこに向かっているのかがわからなくなっていった。今はもう、二人と会話をすることすら避けている。

もっと話し合える家族になれたらよかったのに。どこで間違えたんだろう。

あの頃に戻れるなら、私はどうしたいんだろう。

家族のことを思い出していくと、胸のうちにじわじわと苦い気持ちがあふれてくる。ふだんは考えないように蓋をしているが、自分が心を動かされることの根本をたどると、そこには家族に対する後悔が見え隠れする。

もう大人になったんだから、両親とのことで今さら悩んだってしょうがない、と言い聞かせて、また自分の心に蓋《ふた》をする。

私は片付けを終え、トラックを見つめる。そこに並ぶ絵本は、両親があれだけ大切に育てた書店の一部であり、私に託されたものだ。

今、ＡＳＨＩを走らせて色んな人と巡り合う機会を得られているのも、両親が残してくれた絵本たちのおかげだ。この活動を通じて自分自身が得られているものは、計り知れない。

その感謝の気持ちを、両親に伝えたいとは思う。それでもまだ、私は過去におぼれてしまうばかりで、一歩を踏み出せない。ひっそりと眠る絵本たちの背表紙をしばらく眺めてから、私は本たちが寝静まるトラックのドアを静かに閉じた。

6

加賀さんがＡＳＨＩを訪れたのは、それからまた数日経った、すこし気温の高い夜だった。そろそろ季節が巡りそうな気配を感じたからか、私も重野さんも、遅い時間帯まで夜の匂いを楽しんでいた日のことだ。

それほどお客さんが来なくても、二人でコーヒーを飲みつつ、時間を過ごす日もある。示し合わせたわけでもないし、何かの話が特別に盛り上がっているわけでもない。ただなんとなく、本棚から一冊ずつ引き出して、おのおの眺めたりしているうちに時間が経っていく。

私たちが絵本に没頭しているところに、加賀さんはやってきた。

「あの」

声をかけられて現実世界に戻ってきた私は、立ち上がりつつあわてて一礼する。

「加賀さん、こんばんは」

「こんばんは。あの、ずいぶん時間が経ってしまったんですけど、葦田さんに一言謝りたくて。あの夜、きつい言い方をしてしまって、ほんとうにすみませんでした」

深く頭を下げる加賀さんを制しながら、私は首をぶんぶんと横に振る。

「ぜんぜん、気にしていませんよ」

「あのときは仕事で追い詰められていて、すべてに苛々《いらいら》してしまっていて。失礼かもしれないんですけど、葦田さんが落ち着いているのがうらやましく思えて、ついあたっちゃったんです」

加賀さんは苦々しい顔をしながら、もう一度頭を下げる。

「そんな……。気にしないでください」

絵本の返却に来たのだろうと思い、加賀さんがビジネスバッグに手をかけるのを待っていたが、加賀さんは頭をかく。

「ごめんなさい、絵本はもうちょっとだけ借りていたくて。今日は葦田さんに一言謝ろうと思って、仕事帰りに立ち寄ってみただけなんです。その……先日いただいたコーヒーも、もう一度、飲みたかったし……」

重野さんは満面の笑みで「もちろん」と頷き、コーヒーの準備を始める。

重野さんの背の奥から、豆の香りが風に乗ってただよってくる。加賀さんと私の間にしばし沈黙が流れる。この間、加賀さんとの出会いを起点にいろんなことを考えたが、それを自分から伝えることよりも、まずは加賀さんの言葉に耳を傾けたい。加賀さんは、広場にぽかんと抜けた夜空の一角に人工的な直線を描く、数区画先のビル群を見ていた。それなりに遅い時間帯だけれど、ビルのすべての窓に蛍光灯の光が整列している。

「きっとまだ、残って仕事してるんだろうな」

加賀さんが沈黙を破った一言を受け、私はそのまま次の言葉を待つ。

「僕の上司は仕事がめちゃくちゃできる人なんですよ。毎日遅くまで仕事しても、元気なままで。仕事が好きなのが伝わってくる」

そう語ってから、首をもたげた加賀さんの肩をぽんと叩《たた》いて、重野さんが淹れたてのコーヒーを渡す。加賀さんは両手に包んだ一杯の香りを深く吸い込んで、丸い一息を吐いてから、一口すすった。

「おいしいです」

加賀さんの表情が、前よりもすこし和《やわ》らいでいるのを感じ取った。仕事に情熱を注ぐことができる上司をオフィスに残してきた加賀さんは、ここに来た頃の加賀さんとは、また違った考え方をしているのかもしれない。

私は読んでいた絵本をぱたりと閉じて、加賀さんに話しかけた。

「自分が幸せだなと思える時間を過ごしていると、心がゆるくなっていきますよね。私の場合は絵本を眺めていると、そういうふうに感じます」

加賀さんは共感を示すように、大きく頷く。

「僕も、借りた絵本を眺めていて、そう感じる瞬間がありました。そもそも、絵本を読むこと自体が新鮮な体験なんです。最近、仕事に関係するビジネス書ばかり読んでいたから、純粋に本を楽しんで読むのは久しぶりで。文章だけ追っていったら、最初はあっという間に読み終わっちゃったんですよ。忙しかったのもあって、『なんだ、何の意味もないじゃん』って白けていたんですけど、しばらくしてからまた手に取りたくなって。絵本って、そういう力があるのかもしれませんね」

絵本がちゃんと、加賀さんの心に届いている。私は心の中でちいさなガッツポーズをした。

「だからもうすこしだけ、読み返したいです」

「もちろんです。心ゆくまで楽しんでください。返却期限はありませんから」

夏の匂いをうっすらまとったぬるい風が、公園を吹き抜けていった。

7

それから、しばらく月日が経った。気ままなタイミングでASHIを開き、その日訪れる人と共に時間を過ごす。出店許可が取れる新しい場所を開拓しているうちに、加賀さんが訪れていた公園前の広場からはしばらく足が遠のいていた。

久々に公園前の広場でランタンを灯した日、桜の木はもうすっかり緑色になっていた。カーディガンはもう要らないなと、うっすら額ににじむ汗をぬぐう。

「ずいぶん遅くなっちゃいました」

返却された絵本を整理していたところ、背後から声をかけられ、視線を上げる。加賀さんだ。思わず笑みがこぼれる。

トートバッグから絵本を出す加賀さんは、今日はスーツ姿ではなく、ゆるりとしたTシャツと短パン姿だ。髪の毛もセットしていないようで、大学生のような印象を受ける。

「今日は一度家に帰って、シャワーを浴びてから来ました」

今までと印象が違うと思っていたことが伝わったのか、加賀さんは恥ずかしそうに髪の毛をかきあげた。

「いいです、すごく」

人の外見を褒めた経験が少ないため、不器用な言葉しか出てこない。加賀さんは気が抜けたように笑って、「ありがとうございます」と答えた。重野さんは私たちを見守りながら、黙ってコーヒーの準備をしている。

加賀さんは、返す前の絵本の表紙をそっと撫《な》でる。その手つきから、大切に扱っていたことが伝わってきた。

「絵本の感想、聞いてもいいですか?」

「そうですね……難しいですけど。子どもの頃、何に惹かれたのかなぁと思い返しながら、何度も何度も読み返してみました」

重野さんから手渡されたコーヒーに、加賀さんは表情を緩めて礼をする。一口コーヒーを飲んでから、加賀さんはぽつぽつと話し続けた。

「僕は、この黄色いドラゴンにあこがれてたんだって、思い出しました。このドラゴン、ほかのドラゴンと違うことをするんですよ」

「ほかのドラゴンたちは、人を見ると火をふいて威嚇《いかく》したり、村の上空を飛んで驚かしたりしますよね。ドラゴンってそういう生き物だから、伝説でもそう語られているからっていう理由で」

「そうです。あれ、葦田さん、この絵本読んだんですか」

「はい、加賀さんから取り置きをお願いされたときに、気になって読みました」

「嬉しいな。そう、この黄色いドラゴンは、人と仲良くなりたいって思うんですよね。最初はこわいドラゴンを演じようと頑張るんだけど、ある日偶然出会った子どもたちの笑顔をもっと見たくなって、村に降りて人助けを始める。人間の大人たちからはやみくもに退治されそうになるし、ドラゴンたちからも疎《うと》まれて、悩むけれど」

　ページをめくりながら、加賀さんは黄色いドラゴンの道筋をたどっていく。

「それでも自分が信じることを続けて、最後は子どもたちを乗せて大空を飛ぶんです。

この絵がすごく好きで。幼い頃の僕は、この物語をそこまで読み取れていなかったけれど、ドラゴンの最後の笑顔は印象に残っていました。いいなって」

「きっとこのドラゴンは、自分の幸せを見つけたんですね」

二人で最後のページを見つめる。加賀さんはハッとしたように絵本から顔を離して、恥ずかしそうに笑う。

「って、大人が二人そろって絵本を真剣に読むなんて、おかしいですね」

「そうですか？　私は絵本を通じて自分や加賀さんと向き合えているから、この時間はすごく大事だと思います」

加賀さんは空を仰《あお》いで、しばらくしてから「その通りですね」という言葉と共に、ためこんだ息を吐きだした。

「まただ。何をしていても、自分の中で声が聞こえるんですよ。『子どもじゃあるまいし、絵本なんて真剣に読んでいて恥ずかしくないのか』『もっと有意義な時間を過ごすべきじゃないか』『まだ会社にタスクが残っているのに帰ってシャワーを浴びて一息ついているのはおかしいんじゃないか』って。その声に従って今までは行動を決めてきたんですけど、最近は何が正しいのかわからなくなってきて」

今まで自分が信じてきた『あるべき姿』を手放すのは、不安だろう。だってそれが、自分の行動指針になっているのだから。高塚さんがくれたアドバイスを心の引き出しから出し、私は投げかける言葉を探し出す。

「加賀さんは、黄色いドラゴンの姿を『いいな』って思えたんですよね。それは確かですよね」

私の問いに対して、加賀さんはしばらく考えてから、こくりと頷く。

「だったら、黄色いドラゴンのように、自分が目指す方向、幸せだと思う姿を見つけられたらいいなと、私は思います。きっと加賀さんは、周りからコンサルタントとして正しい、優秀だと言われるふるまいを身につけるために、日々頑張っているのではないでしょうか。それが自分の幸せにつながっていることなら、これからもそうしていけばいいんです。でも違うなら、無理して頑張らなくてもいいかもしれません。黄色いドラゴンが周囲に目もくれず人助けをし始めたように、たとえ周りとは違っても、自分自身の幸せを優先していいのかな、って」

私のつたない言葉を、最後まで加賀さんは聞いてくれた。しばらく沈黙が続く。でしゃばり過ぎただろうかと不安になりながら、次の言葉を待つ。加賀さんはぱたんと絵本を閉じて、深呼吸をしてから話し始めた。

「僕はきっと、何が自分の幸せか、まだわかっていません。少し前の自分なら、迷わず『優秀になること』って答えられたんでしょうけれど、今は答えられない。だって、優秀かどうかは、自分じゃなくて他人の評価軸で判断されることだから。どうしたら自分の幸せって、見つかるんだろう。難しいな」

今度は私が長い沈黙を迎えた。そう、それは私自身もわからない。自分の中にある幸せの感覚に手探りで触れてみるが、それはぼんやりとしていて、うまく言葉にならない。ＡＳＨＩの活動を通じて誰かと話す時間は、限りなくそれに近いけれど。

考え込む二人の間には、黄色いドラゴンが青空を羽ばたく表紙がやけに明るく映えている。

たくさんの『あるべき姿』にもまれて、自分の幸せの輪郭は曖昧になっているのかもしれない。

「割って入ってもいいかな」

遠慮がちに重野さんが沈黙を破る。加賀さんと私は、優しいまなざしを向けてくる重野さんに助け船を求めて頷いた。

「未来の自分が失いたくないものを、考えてみたらどうだろう」

重野さんの言葉に沿って、私たちはまた、考えを巡らせていく。重野さんは私たちの幸せの補助線を引くように、おだやかに続けた。

「頑張って新しいものをたくさん手に入れていくだけじゃなくて、失いたくないものを選んで、それを優先していくことも、幸せかもしれないね」

失いたくないもの。それを考えて、私は改めてＡＳＨＩの活動はこれからも続けたい、この時間を失いたくないという感情を確かめられた。それ以外は、優先順位は下げてもいい。もっと言えば、完璧を目指す必要はないのかもしれない。

そう思うと、会社の仕事に対して情熱が燃えないことは、私にとっては自然なことかもしれない、と思えた。もちろん、仕事を投げやりにはしないし、これからもできる限り貢献する。けれど、自分が失いたくないものが最優先でもいいんだ。そんな自分を肯定してもいいんだ。

その気づきを口にしようとすると、先に加賀さんが口を開く。

「僕はまさに、自分が失いたくないものを、失いかけている最中だったのかもしれません。でも、まだ間に合うかな。未来の自分が絶対に失いたくないもの、ですよね。それなら、あるかもしれません」

その目は、確かに何かを見いだしたことを物語っていた。加賀さんは立ち上がり、絵本を私に手渡す。そして重野さんには、コーヒー一杯分のお金を支払った。

加賀さんは初めて来た日と同じくらい深々と頭を下げ、あのときよりも時間をかけて姿勢を戻し、背筋を伸ばす。

「絵本を長い間貸してくれて、ありがとうございました。またしばらくしたら、遊びに来てもいいですか」

「もちろんです」

私と重野さんにそれぞれ向き合って礼をしてから、加賀さんは夜道を帰っていった。

その背中に、私は心の中で黄色い羽を描いてみる。

「加賀さんは、どんなドラゴンになるんだろう。楽しみだな」

私がそうつぶやくと、重野さんは、

「そしてりんちゃんは、どんなドラゴンになるのかな」

と、いたずらっぽく笑う。

「私は、そうですね……。絵本をやたら人に紹介して、自分は考えごとばかりする、内気なドラゴンでしょうか」

言葉にしてみると、なんて変なドラゴンだろう。でも、それが幸せの形なら、いいじゃないか。私は加賀さんから返却された絵本を、本棚にそっと戻した。

8

夏がいよいよ存在感を増してきた、ある晴れた休日の昼さがり、ＡＳＨＩに二人の男性が訪れた。一人はよく知った顔だ。

私は「加賀さん！」と思わず大声を上げて、手を振る。

ラフなTシャツにジャケット姿の加賀さんは、明るい笑顔で会釈《えしゃく》をして、隣の男性に視線を向けながら「彼は、僕の大学時代の友人です」と紹介してくれた。

紹介された男性は、しゃんと背筋を伸ばしてジャケットのポケットから名刺を取り出した。その名刺には、本の形のロゴが入っている。肩書には代表取締役という文字が並んでいた。

「書籍をシェアリングする新規ビジネスを自社で立ち上げようと思っていて、加賀に相談していたんです。まだ構想段階で、いろんなケースを模索しているのですが、きっとこの移動図書室の活動が参考になるだろうって、彼が紹介してくれて。ぜひ実際に見てみたいって、今日、連れてきてもらいました。どういういきさつでこの活動を始めたのか、教えてもらえませんか」

私は重野さんと目くばせして、笑みをこぼす。移動図書室のアイデアを思いついた発起人である重野さんが、彼の質問に対応することになった。

その様子を見守りながら、加賀さんは私に語りかける。

「もともと僕がコンサルタントを目指したのは、何か新しいことを始める人の助けになりたいって思っていたからなんです。でも、実際にコンサルタントになってからは、あまりの業務の多さと、周囲から言われる優秀なコンサルタントのイメージに押しつぶされて、自分がなぜコンサルタントになりたかったかなんて、忘れていました」

加賀さんの横顔は、以前よりもくっきりとした輪郭に見える。思えば加賀さんと昼の光の下で会うのは、初めてだった。夜、何か重いものを背負ってうつむいて、目の下にくまができていた加賀さんとは、まったく異なる印象を受ける横顔だった。

「あの日、絵本を読みながら葦田さんと話していて、思い出したんです。これからの人生、絶対に失いたくないのは、誰かの助けになることを幸せだと感じられる自分です。それに、助けたいと心から思える周囲の人たちに、手を貸せる自分でありたいと思いました。だから仕事を理由に彼の相談に耳を貸さなかった自分が、あんなに許せなかったんだなって、あとから気づくことができました」

その視線の先には、重野さんを質問攻めにしている友人の姿がある。重野さんはたじたじになりつつ、笑いながら答えていた。この出会いがまた、新しい何かを生み出していくのかもしれない。加賀さんは私に向き直って、話を続けた。

「そういうことに気づいてから、仕事のことも前向きに捉えられるようになりました。もちろん、周りが求める優秀なコンサルタントの姿には程遠いです。でも、自分が担当しているクライアントに対して、誠意をもって助けになろうという気持ちは、前よりもずっと確かに感じられます。それから、休日はできるかぎり仕事以外の活動をしています。今日もその活動のひとつとして、彼をここに連れてきました。きっとこれからも、僕はコンサルタントとして完璧にはなれないのかもしれないけど、構いません。自分が出会った人たちの手助けになっているならば、僕は十分幸せです」

黄色いドラゴンが青空に羽を広げたように見えて、まぶしい。

私は目を細めて、「よかった」とつぶやいた。

第1話のまとめ

「べき思考」に縛られない

日々のストレスを大きくしてしまう考え方のクセのひとつに、「べき思考」と呼ばれるものがあります。

「べき思考」とは、自分自身や他人に対して「こうあるべき」という考えを押し付けてしまう思考のクセです。過剰な「べき思考」が働くと、自分や相手がそのとおりにふるまえないことに対して不安や恐怖、怒りを抱くことが多く、それがストレスの原因になります。

例えば、自分自身に対して能力以上に「もっと頑張るべきだ」と考え、できない自分にイライラしたり苦しくなるのはまさに「べき思考」が悪さをしています。また、他人に対して「あなたならできる」と期待し、知らず知らずのうちに「できるべき」という自分の価値観を押し付け、それが叶《かな》わないとがっかりすることもあります。社会や所属する組織といった大きな存在から「こうするべきだ」と提示される評価や期待を過剰に受け取り、それに応えようとしてしまうのも「べき思考」の表れです。

「べき思考」に縛られていると、期待している理想像と現実の間にギャップが生じ、批判や否定、不満など、ネガティブな思考や感情が生まれやすくなります。もちろん、「社会や周囲にとってより良いことをすべきだ」といった倫理的な感覚を持つことは、悪いことではありません。ただ、その思考が自分の行動を規定し、ストレスを抱えながらも無理をしようとすると、心に大きな負担がかかってしまいます。そもそも社会の望む「べき」とあなたがどうある「べき」かが一致するとも限りません。

自分自身の「べき思考」に気づき、縛られないためには、「自分自身がどうありたいか」「どんなことにしあわせを感じるか」にフォーカスすることが重要です。それを軸に考えや行動を整理していけば、誰かの「べき」に振り回されない自分自身の優先順位をつけることができます。なかなかしあわせや答えが見つかりづらいという人は、未来の自分が失いたくないものから想像してみると、ヒントが得られやすいかもしれません。

第2話

あなたは宝石

1

その日は夜になっても、まだ昼の暑さが残っていた。Ｔシャツにうっすらと浮かぶ汗じみ。じんわりとした湿度を振り払うように、手持ち型のミニ扇風機を首筋にあてる。

ＡＳＨＩと夏は相性が悪い。強い西日の中で絵本を並べると表紙が焼けてしまうので、いつもよりも遅い時間にオープンする。湿度による本の劣化も不安なので、おすすめの棚を外に作らず、トラック内の棚をのぞいてもらう形で絵本を紹介する。

いろいろ工夫はしているが、暑さだけはどうにもならない。重野さんとの間で、この活動のために無理はしないというルールを決めていたから、春に比べて自然と活動頻度は減る。

それでも秋まで待つよりは、すこしだけでも絵本を通じて人の心に触れていたい。

この活動は、すでに私の生活にとって大切な一要素になっていた。重野さんの誘いを受け、右も左もわからないまま移動図書室の前に立ち始めて、ちょうど半年が経つ。

一年を通して活動を続けることに意義があると思い始めていたし、季節の変化を感じられることも嬉しかった。

だから私は、今日も汗ばみながら絵本の整理をしている。

「アイスコーヒー、始めました」

重野さんが声をかけてくれて、振り返る。いつもとは違うストロー付きの透明なプラスチックカップが差し出された。

「いただきます！」

救世主を前にしたようにコップを拝んでから、ストローに口をつける。いつもよりもさらに深い苦みが舌を転がり、喉《のど》を潤《うるお》した。最後、鼻に抜ける香りがいつもよりも爽やかだ。

「おいしい！」

「暑い夜に飲みたい味を探究して、今、いろいろ試してるんだよ」

コーヒーの話をしているときの重野さんは、いつも目を輝かせている。重野さんにとっては、容赦《ようしゃ》ない夏も、アイスコーヒーの探究の場という魅力的な環境になるのだ。

もともとコーヒースタンドを開業する予定で購入されたASHIの車内には、コンパクトながら冷蔵庫や電源などの設備も整っている。ホットコーヒーとアイスコーヒー、定番メニューの出し分けをするための実験も兼ねているのかもしれない。

下駄のからんころん、という音が耳をくすぐって視線を上げると、浴衣《ゆかた》姿の女の子が数名、はしゃぎながら歩いていく姿が見えた。

「今日は隣の駅で祭りがあるらしいよ」

「お祭りですか……いつかASHIで出店してみたいな」

「いいね。でも、ゆっくり絵本を読んだり、お話ししたりする時間は取りづらいかも」

「確かに。ある程度、周りが静かなほうがいいんですよね。やっぱり今日みたいに、お祭りの裏で、そっと開いているくらいがちょうどいいのかも。今日の気分がお祭りに合っていない人の居場所を作れるかもしれないし」

ＡＳＨＩを出す場所は、重野さんと二人で相談して決める。ゆったり静かな絵本を楽しめる雰囲気があって、ある程度の人通りがある場所は、意外と少ない。

今夜選んだ場所は、マンションが立ち並ぶ川沿いに設けられたオープンスペースだ。昼間はサラリーマンが休憩していたり、親子が遊んでいたりする。夜はマンションに帰っていく人たちや、川沿いで考えごとをする人たちがちらほらといる。

「ここ、水辺だからか、ちょっと涼しい気がするんだよね。夏の間、しばらくはここで活動できるよう、許可を取っておいたよ」

重野さんの視線の先には、立ち並ぶマンションの明かりを映す水面《みなも》がある。「いい場所ですよね」と頷き、私もアイスコーヒーを飲みながら視線を遠くへと移していく。

すると、ある姿が目に留まった。川辺に設けられたベンチに座り、スマホを見ている若い女の子。距離はそれほど遠くないが、準備している間は背面だったので、彼女がいつから座っていたのか、わからなかった。

着古した印象のＴシャツにスウェットのズボン、つっかけてきたようなサンダル。その様子からして、お祭りに行くわけではないだろう。

彼女はスマホの画面を見ることに集中していて、こちらには気づいていない。青い光に照らされて、彼女の表情が闇に浮かんでいる。ときどきはなをすすり上げる肩の動きと、彼女の表情からして、おそらく泣いていた。

同じタイミングでそのことに気づいた重野さんは、私に視線を送る。私はもちろん、その視線の意図を察する。私だって気にはなるが、彼女は一人で過ごしたいのかもしれない。こちらから声をかけるかどうか悩んでいると、彼女はふとスマホから視線を上げた。

ちょうど私と彼女の目が、ばちりと合う。

「こ、こんばんは」

思いきってあいさつしてみると、彼女は戸惑ったように小さく頭を下げて、私と重野さん、そしてＡＳＨＩの車体を順に見た。「何これ」という疑問が表情いっぱいに浮かんでいる。

「私たち、絵本を貸し出している、移動図書室をやっています」

「へえ」

私の紹介を聞いて、彼女はベンチから腰を上げて、こちらに近寄ってくる。絵本が並ぶ本棚を物珍しそうにのぞきこんだ。

ランタンに顔が照らされたことで、やっぱり彼女が泣いていたことがわかる。目と鼻先は真っ赤に腫《は》れていて、頰《ほお》には涙のあとが残っていた。

「もし気になるものがあったら、ぜひ読んでみてください」

「あー……。いや、でも今、そういう気分じゃないんで……」

そう答えている声が詰まった。目を潤ませながらはなをすすったので、車に積んでいたティッシュ箱を手渡す。

「もしよかったら、使いますか」

「あ、ありがとうございます」

ティッシュ箱から一気にティッシュを引き抜いて、彼女は豪快にはなをかむ。それで呼吸が通ったからか、大きくしゃくりあげると、今度は新しい涙がぽたぽたと流れてくる。それが引き金になって、もう止まらない、というように彼女は顔を真っ赤にして泣き始めてしまった。

私はあわてながら、泣きじゃくる彼女を車の前に置いてあった椅子に座らせて背中をさする。絵本を座って読みたい人用に、二脚ほど重野さんが準備してくれたものだ。これはコーヒーをゆっくり飲む状態ではないと判断したのか、重野さんは手早くお水を一杯用意した。

波が落ち着くまで、私は彼女の背中をさすり続けた。

大声で泣く人を見るのは、いつぶりだろう。少なくとも自分は、物心ついてから一度もこんなふうに泣いたことがない。

よほどつらいことがあったのだろう。彼女のそんな日に、偶然ＡＳＨＩをここで開いていてよかった。そう思うと、私は暑さを忘れられるのだった。

２

「ゆめです。優しさが芽ぶくって書いて、優芽です」

彼女が落ち着いてから、はじめに名前を訊いた。

いい名前だね、と重野さんが言い、私も頷く。照れ笑いを浮かべた優芽ちゃんの顔には、まだ幼さが残る。

そのままの流れで、私も自己紹介をした。

「私は、りんです。ひらがなで、りん。そしてこちらの男性が重野さん。私たちは、絵本の移動図書室を不定期で開いてます。偶然立ち寄ってくれた人の話を聞いて、棚にある絵本を貸しているの。仕事の愚痴《ぐち》とか、家族のこととか、いろんな話」

話しているうちに、自然と敬語は溶《と》けていく。優芽ちゃんが話しやすい距離感にしたかったからだ。

泣いた理由を無理に聞き出そうとは思わない。一方で、もしも話して楽になるのなら聞きたい。

その気持ちが伝わったのか、優芽ちゃんが重い口を開いた。

「めちゃくちゃ嫌なことがあって、それを母親に言ったら、ぜんぜんわかってくれなくて。とりあえず家を出たんだけど、行くあてもなくて」

また彼女の黒目がじわりと光り始めたが、今度は泣かず、ぎゅっと力を入れて我慢したようだった。

「めちゃくちゃ嫌なこと、って？」

私はできるかぎり優芽ちゃんに負担をかけないよう、問いかけてみる。優芽ちゃんは、スマホを握る手に力をこめる。

「炎上、です」

「……えんじょう……？」

重野さんが口の中で小さな疑問符を投げかける。重野さんはＳＮＳをやらないし、インターネットも必要最低限しか見ていない。きっと耳慣れない言葉だったのだろう。

私は重野さんの戸惑いに応じて、補足した。

「インターネット上で、誰かが発信した情報に対して批判がたくさん集まることです。

……その炎上、だよね？」

優芽ちゃんはこくりと頷く。

私もＳＮＳをよく見るわけではないが、炎上している投稿はたとえ興味がなくても流れてくるので知っている。たとえば、バイト先で悪ふざけをしている若者の動画や、表現が過剰で誤解を生んでしまったCMなどだ。

しかし、いま目の前に座っている優芽ちゃんは、誰かに迷惑をかけたり、誰かを傷つける発言をしたりするタイプには見えない。

「優芽ちゃん自身が、炎上したの？」

優芽ちゃんが再び頷いたのを見て、思わず私は「どうして」とつぶやいた。

「加工しすぎたから」

今度はSNSを知らない重野さんと同じく、私も言葉の意味をすぐに捉えきれず、しばらく間を置いてしまった。優芽ちゃんは私たちの戸惑いを察したようで、言葉を足していく。

「トレンドの曲でダンス動画を撮って投稿したら、たまたまバズって、フォロワーが一気に増えたんです。それで楽しくなっちゃって、ダンス動画をまた撮って、出して。そうやってフォロワーが増えてきたら、コメントもどんどん来るようになりました。かわいいいって」

彼女はうつろな目でスマホを見ながら、指をすべらせる。

重野さんと私にも見えるように画面を傾けてくれたので、二人で画面を覗き込む。

そこには、リズミカルな動きで踊る優芽ちゃんの姿があった。でも、目の前にいる優芽ちゃんとは、顔がだいぶ違う。逆三角形の顔に鋭利な鼻筋。黒く大きな瞳《ひとみ》は、少女漫画のように大きい。

ここまでの話の流れがあるから優芽ちゃんだと認識できたが、もしもそれがなかったら、同一人物だとはわからないだろう。

「かわいい」「すき」「優勝」「天使」……。

コメント欄にはたくさんの賞賛の言葉が並んでいて、慣れていない私が見ると、目が回るくらいだ。

「それで調子に乗ってたら、無加工の写真が出ちゃって」

優芽ちゃんは、別の画面を流れるように開いて、私たちに見せる。テキストの投稿に写真が貼り付けられた、別のＳＮＳの画面だ。

「悲報　あまりにも詐欺な天使」というテキストと共に、目の前に座っている優芽ちゃんだと一目でわかる制服姿の写真と、ダンス動画の一部を切り取った写真が並べられていた。

その投稿のリポスト数はすでに四桁を超えていて、たくさんのコメントがついている。

「別人じゃん」「加工厨乙」「黒歴史ｗ」「承認欲求の化け物」……。

先ほどとは打って変わって、棘《とげ》のある言葉が隙間なく畳みかけられている。

私は強い言葉たちに顔をしかめて、「ひどい」と、思わず口にしてしまう。

投稿主は、こういった炎上を目的にした投稿ばかりをしているようだ。タイムラインを見せてもらうと、誰かの素顔を暴いてあざ笑うような投稿が並んでいた。

「この投稿を、消すことはできないの?」

「できない。誰が投稿したのかもわかんないし、誰から写真が流出したのかもわかんない。消してくださいって言っても、無視されると思う」

優芽ちゃんはスマホの画面を閉じて、うなだれる。

「誰がこのアカウントに写真を送ったんだろうって想像したら、もう学校にも行きたくなくて。私、ぜんぜん違う名前で活動してたし、これだけ加工してたら誰にもバレないだろうって思ってたんだけど」

重野さんはずっと険《けわ》しい顔をして腕を組んでいたけれど、ようやく重々しく口を開く。

「誰かの悪意を正面から受け止めると心が疲れてしまうから、いったん時間を置いてもいいかもしれないね。ただ、写真を送った誰かのために、学校を休んでしまうのは」

「これだけ拡散されたら学校中の噂になるじゃん。それにダンス動画も、もう投稿できなくなる」

優芽ちゃんが強い口調で重野さんの言葉をさえぎる。その絶望や悲しみが伝わってきたのか、重野さんは再び口をつぐんだ。

ＳＮＳを使いこなしていない重野さんや私は、彼女がいかに追い詰められているのかを、想像することしかできない。きっと優芽ちゃんのお母さんも、私たちと同じような反応をしたに違いない。私は優芽ちゃんをこれ以上傷つけないよう、慎重に言葉を選びながら、別の提案をしてみる。

「しばらく、このSNSは見ないほうがいいんじゃないかな」

「無理だよ……見ちゃう」

そう言いながら、スマホの画面を開いては、閉じる。その指の動きが、優芽ちゃんの葛藤《かっとう》そのものだった。

自分の知らない人から、自分のことを勝手に扱われて、どんどん広がっていく。

そんな状況だったら、確かに気が気ではないだろう。

「スマホの電源を、いったん切ってみるのは？」

思いきった私の提案に、優芽ちゃんは目を見開いて、ぶんぶん首を振る。

その動きに反応するように、優芽ちゃんのスマホがブー、と震える。何かメッセージが来たようだ。パッと通知画面だけを見て、優芽ちゃんの表情がまた一段と曇る。

「友だちからＬＩＮＥで『大丈夫？』って来てる」

「よかった、友だちは心配してくれてるんだね」

「でも噂が広まってるってことじゃん。既読つけたら返信しなきゃいけないし」

優芽ちゃんは目をぎゅっとつぶった。もう何も見たくない、とその表情は叫んでいる。

彼女は手のひらサイズのスマホに、人生のすべてを預けてしまっているように見えた。誰かとのつながりも居場所も、喜びも悲しみも。

それはスマホをほとんどの人が持つ現代社会において、自然なことなのかもしれない。けれど便利に生活するために作られたものが、こんなふうに人を追い詰めてしまうのは、どうなんだろう。

再び、優芽ちゃんのスマホが震える。今度は電話の着信で、画面には「お母さん」と出ていた。

「お母さんも心配してるんじゃないかな」

電話に出ないまま目を伏せている優芽ちゃんに、重野さんが声をかける。間もなくバイブ音が止まった。このままここに居続けるわけにはいかないことは、優芽ちゃんも重々わかっているようだった。その表情から、帰りたくない気持ちと戦っているのが伝わってくる。

「私も重野さんも、優芽ちゃんの苦しみを完全に理解することはできていないと思う。

けれど、今回の出来事や心の中を整理するために、時間をつくるお手伝いはできるかもしれない。だから気が向いたら、また話しに来てほしいな」

優芽ちゃんに今かけられる言葉はここまでだろう、と私は思う。今の優芽ちゃんには、絵本を読む心の余裕はないだろうし、もしも絵本を手渡したとしても、スマホを見てしまうだろう。

「家は近いの？」

重野さんの問いに、優芽ちゃんはマンションの一角に視線を送った。

「すぐそこ」

「それなら、僕らはしばらくの間ここで移動図書室を開く予定だから、来やすいと思う」

重野さんはそう言って、貸出カードを空欄のまま優芽ちゃんに手渡した。

「無理に絵本を借りなくてもいいから、話したくなったらおいで。今日はもう遅いから、とりあえず家に帰ろう」

優芽ちゃんは重野さんの言葉をゆっくりのみこむように、頷いた。

強く握りしめられたままのスマホ。そこに重ねられた貸出カード。

「聞いてくれて、ありがとうございました」

優芽ちゃんは最後に小さな声で礼を言って、マンションのほうへと帰っていく。その足取りは不安定で、スマホにまた視線を落としているようだった。

「私、しばらくは毎日ここにいたいです。仕事が終わってからだから、すこし遅めの時間になってしまうけど」

彼女の背を見送りながら、重野さんに宣言する。

「そうだね。今だけでも、ＡＳＨＩが優芽ちゃんの居場所になれるといいね」

重野さんはそう答え、自分のスマホをポケットから取り出した。

「ところでりんちゃん、優芽ちゃんがやってたＳＮＳ、どうやったら見られるの？」

私は重野さんにアプリのダウンロード方法を指南しながら、こういうふうに人と真剣に向き合える重野さんが好きだな、とあらためて思った。

3

玄関のスイッチを指で探り、蛍光灯をつけ、エアコンの電源を入れる。冷蔵庫の中に入った麦茶を出して、コップに注ぐ。飲み干して、ベッドに全身を預ける。天井に向かって大きく息を吐く。ここまでが、帰宅後のルーティンだ。

長年住んでいる賃貸のワンルーム。必要最低限の家具が並んでいて、それ以外にインパクトのあるものは一切ない。これといった趣味もないし、友だちを呼ぶこともない。ただ、生活をするための機能だけが備わった部屋。

手元のスマホを操作して、ＳＮＳを開く。重野さんに指南しながら自分もダウンロードした、動画を見るための若者向けのＳＮＳだ。

おすすめの動画が流れていくタイムラインを見ていると、その情報量に圧倒される。こんなにたくさんの人が動画を投稿して、それをまた、こんなにたくさんの人が見ているんだ。

投稿されているダンス動画をしばらく眺め続けた。そこに寄せられるコメントも読んでいく。中にはダンス動画の投稿主を尊敬していたり、あこがれたりする人もいて、心の底から応援しているという熱量を感じるメッセージもたくさんあった。それに対して、丁寧に返信している投稿主もいる。

見ないなんて、無理。

首を大きく横に振った優芽ちゃんの拒絶を思い出し、私はSNSというものを理解していなかった、と反省する。

家、学校、職場。生活している場所だけが、その人の心を落ち着かせる居場所ではない。現代においてはSNSもそのひとつだ。私の場合は、ASHIでの活動に心を支えられている。

優芽ちゃんに起こった出来事は、そんな大切な居場所を失うことでもある。それがどれだけ大きな意味を持つかを、私は想像しきれていなかった。

一方で、SNSを通じて飛び込んでくる辛辣《しんらつ》な言葉は、優芽ちゃんにとってあまりに負荷が大きい。それがさらなるネガティブな想像をふくらませることにもつながっている。学校や友だちにも波紋《はもん》が広がっていくことで、優芽ちゃんはほかの居場所も失ってしまうかもしれない。

炎上というものは、そう長くは続かない。これは私が今まで炎上というものを目にしていて感じていることだ。ほんの数日経つと、インターネット上にはまた別の話題が並ぶ。背景も知らずに騒ぎ立てる人の興味は、移ろいやすい。

それも踏まえると、今回の炎上が原因で優芽ちゃんが不登校になってしまったり、友だちとの関係性が悪くなったりするのは、あんまりだと思う。

優芽ちゃんはどうしたら、今の状況からすこしでもいい方向に進めるのだろうか。

今日の話を思い返しながら、私は「居場所」という言葉を何度も頭の中に思い浮かべていることに気がついた。

そもそも、居場所ってなんだろう。

私にとって居場所に一番近いのは、ＡＳＨＩだ。移動図書室では、絵本が誰かとつながるきっかけになっている。そして尊敬できる、重野さんが隣にいる。ＡＳＨＩの活動をしているときは、ここにいていい、と安心できた。そういう条件が組み合わさって、私はＡＳＨＩを居場所だと感じているようだ。

優芽ちゃんにとって、誰かとつながるきっかけになったのはダンス動画だった。そしてダンス動画を褒めて、優芽ちゃんを受け入れてくれる人たちがそこにいたから、安心できたのだろう。

炎上したことが優芽ちゃんに大きな打撃を与えたのは、その安心が揺らいだからだ。もっと言えば、優芽ちゃんは失ってしまった安心を求めているのかもしれない。

ＳＮＳの検索欄に、優芽ちゃんが使っていたアカウント名を入力してみると、すぐにヒットした。

プロフィールページにはたくさんのダンス動画が並んでいる。それらに寄せられたコメントの多くが、彼女の容姿を褒めるものだった。

もちろん、この動画の主役はダンスをしている優芽ちゃんだ。優芽ちゃんの容姿は、メインコンテンツといっても過言ではない。だからこそ、それが過剰な加工によって作られたものだということが批判の対象になってしまったのだろう。

この先に何かがつかめそうな気がして、私は優芽ちゃんのダンス動画を見ながら考え続ける。

そして、ふと気になるものが動画に映っていることに気づいた。

彼女が踊っている背景の壁には、色鮮やかなバッグや洋服が飾ってあった。カラフルなものが好きなんだということが伝わってくる。なかでも目立つのは、棚にずらりと並んだ小瓶だ。中にはキラキラとした色とりどりの何かが入っている。

私は目を細めて画面を近づけたが、残念ながらそれが何であるかまではわからなかった。

私は自分の部屋をぐるりと見渡す。もしも私がダンス動画を撮ったとしたら、おそらく質素なカーテンしか映らない。部屋に飾るほど好きなものがないからだ。

あの小瓶の中身は、優芽ちゃんにとって大切なものなのだろう。部屋の一等地にきれいに並べられていて、動画の背景に映したいとも思ったのだから。

次に優芽ちゃんが来てくれたら、この小瓶について訊こう。

情報があふれ、流れていってしまうタイムラインから、一粒の宝物を見つけたような気持ちになりながら、私はスマホを置いた。

4

待ち望んだ優芽ちゃんと会える「次」は、意外と早くやってきた。

重野さんと約束した通り、昨日と同じ場所でＡＳＨＩの準備を済ませると、それからしばらくして優芽ちゃんがやってきたのだ。

「こんばんは！　ずいぶん早いね」

私と重野さんは、笑顔で彼女を迎える。

「マンションの窓から、来たのが見えたから」

優芽ちゃんは照れ臭そうに言う。

「結局、今日、学校休んじゃって。ほんとうに来るのかなって、夕方になってからは窓の外をちらちら見てた。あんまり信じてなかったけど、ほんとうに来たから驚いちゃった」

そんなふうに待ってくれていたことが嬉しくて、笑みがこぼれる。重野さんも同じように緩んだ顔で、優芽ちゃんを椅子に案内する。

「優芽ちゃん、アイスコーヒー飲むかい？」

「あ、苦いのはちょっと飲めなくて」

「……甘いのだったら？」

「めっちゃ甘いカフェオレとかは好き」

重野さんは軽く親指を立てて、サッと奥に移動した。

優芽ちゃんと二人になったので、私は昨晩ＳＮＳを真剣に見てみたことを伝える。

もちろん優芽ちゃんの動画も、と。

「ほんとの顔を知って見ても、ぜんぜん面白くないですよね。あ、逆に面白いのかな、リアルと違いすぎて」

優芽ちゃんが苦笑いしたので、私はぶんぶんと首を振る。

「そんなことないよ。ダンスもすごくよかったけど、それより、私、後ろに映ってたものが気になっちゃって」

「後ろ？」

「きらきら光る、カラフルな小瓶みたいなのが並んでいたから」

優芽ちゃんの顔がパッと明るくなる。

「それ、ビーズです!」

「ビーズ?」

「ビーズでアクセサリーを作るのが、小学生のころからずっと好きで」

スマホの写真フォルダを開いて、優芽ちゃんが私に見せてくる。そこにはビーズで花やハートの形を作った指輪やピアスが並んでいる。色合いや形から、優芽ちゃんの好みが伝わってきた。

中にはバッグや洋服もある。バッグは大きめのビーズを編みこんでいて、洋服は部分的にビーズで模様を作ったようだった。いわゆるリメイクというやつだろう。

「すごい! かわいいし、こんな細かいデザインも作れるなんて」

女の子が好みそうなファッションを避けてきた私でも、思わずうきうきしてしまうようなラインナップだった。

優芽ちゃんは誇らしげに自慢の作品を紹介してくれる。その表情は、コーヒーのことを語っている重野さんに重なるものがあった。

「でも、ＳＮＳには載せていないんだね」

私が素朴な疑問を投げかけると、優芽ちゃんは唇をとがらせる。

「数年前に韓国ファッションとしてビーズアクセが流行《はや》ったんだけど、もう終わったから。古いし、誰も興味ないと思う。それに子どもっぽいし」

「そうなんだ……いいと思うんだけどなぁ……」

私が口の中でもごもごとつぶやいていると、重野さんがプラスチックカップを持って出てきた。いつもの黒く輝くアイスコーヒーではなく、クリーミーな色合いをした一杯だ。

優芽ちゃんはおそるおそるストローに口をつける。一口飲んで、目をまんまるに見開いた。

「え、何これ、めっちゃおいしい！」

「アーモンドの香りがするコーヒーに、ガムシロップを多めに入れて、ミルクコーヒーにしてみたよ」

優芽ちゃんの反応に目を細め、重野さんは満足げだ。いつもはブラックコーヒーを提供しているから、こんな隠し玉があったなんて驚きだ。

「おじさん、バリスタか何かですか？」

「いいや、コーヒーが大好きなだけだよ。みんながおいしそうに飲んでくれるのが嬉しくてね、こうやって作っては、ふるまってるんだ」

重野さんは照れたように頭をかいてから、私と優芽ちゃんの間で光っている画面に視線を送った。私は、優芽ちゃんが見せてくれたビーズアクセサリーについて説明する。

重野さんはひと通り優芽ちゃんの作品を味わったあと、ぽん、と手を叩く。

「優芽ちゃんにとってのビーズアクセサリーと、僕にとってのコーヒーは、似ているかもしれないね。好きで、ついついやりたくなっちゃう。そしてりんちゃんにとっては、絵本の紹介がそれに近いのかな」

私はお互いが好きなものを頭の中で並べてみて、確かに、と頷く。優芽ちゃんもコーヒーの味からその説得力を感じているのか、ストローをかじったまま「なるほど」

とつぶやいた。重野さんは私たちを交互に見て、続ける。

「コーヒーは、流行しているってわけじゃない。もちろんコーヒーは好きな人がいっぱいいるけど、飲んでみないとおいしさはわからないから、SNSではなかなか魅力を伝えられない。でも、僕はあんまり気にしないかな。こうやって、目の前にいる人が一人でも『おいしい』って喜んでくれたら、百人に伝わらなくても幸せになれるよ」

優芽ちゃんはスマホの画面に並んでいる、ビーズのアクセサリーを見つめる。その目は、ダンス動画に寄せられたコメントを見るときとは、また違った色をしていた。

私は重野さんが伝えたいことがだんだんわかってきて、それを確認する意味もこめて、質問する。

「だから重野さんは、タピオカミルクティーが流行っても、コーヒー一本だったんですね」

「そうそう、たくさんの人に飲んでもらうことが、目的じゃないからね」

重野さんは笑ったが、メッセージは優芽ちゃんにしっかり届いたようだ。スマホの画面を閉じてミルクコーヒーを味わいながら、優芽ちゃんはぽつんとつぶやく。

「べつに、ダンスが好きではないんだよな」

私はふと思いついて、自分がつけていたASHIのエプロンを外す。

「優芽ちゃん、もしよかったら、お願いをひとつ、聞いてくれないかな」

胸元にASHIという刺繡が入っただけの、ベージュのシンプルなエプロン。これを着ると絵本を紹介するモードに入れる、私にとって大切な一枚だ。

「このエプロンに、優芽ちゃんのビーズで、何かあしらってくれないかな」

優芽ちゃんは驚いた顔でエプロンを見つめてから、目を輝かせる。

「いいの？　これに？」

「なんでもいいよ、好きに入れてほしいな」

畳んだエプロンを渡すと、優芽ちゃんは今までで一番嬉しそうに笑った。

「もちろん！　やってみる！」

できるだけ、今起こっていることから彼女が距離を置けたらいい。私はそう願って、エプロンを託した。

優芽ちゃんの頭の中には、もういろんなアイデアが生まれているらしい。心ここにあらず、といった表情で残りのミルクコーヒーを飲み干すと、急いで椅子から立ち上がった。

「明日も、ここに来る?」

「うん、もちろん」

「あの、なんていうか……ありがとうございます!」

優芽ちゃんはエプロンを胸に抱いて、走っていった。

「どんなエプロンになるか、楽しみだね」

重野さんと私は、優芽ちゃんの背中を見送った。

5

次の日、ASHIにはいつもよりたくさんの人が来ていた。マンションの人たちに移動図書室の噂が届いたのか、近隣から来たという親子連れや会社帰りの人が足を止

めて、さまざまな絵本を手に取ってくれる。

そんな中、両手に荷物を抱えて来てくれたのが、常連の新田《にった》さんだった。新田さんは、月二回くらいのペースでＡＳＨＩを訪れる。太い黒縁のめがねとゆるいパーマが目印の、ひょうひょうとしたお兄さんだ。

重野さんのコーヒーの大ファンでもあるし、絵本も昔から好きだという。どの場所にＡＳＨＩをオープンしていても、仕事帰りの時間に立ち寄ってくれる。

基本は自転車で移動しているというライフスタイルも、そのフットワークの軽さにつながっているようだったが、今日は手に抱えた荷物のためか、自転車ではないようだ。

重野さんが近づいていきた。両手に抱えているのは丸椅子だった。重ねて収納できるタイプのコンパクトな椅子を、四脚ほど持ってきたようだった。

「新田さん、その椅子……」

「そう、前に話してた、使わなくなった丸椅子！　最近、ＡＳＨＩのお客さんも多くなってきたなぁと思ってたから。持ってきたよ」

「ありがとうございます！　すごく助かります」

新田さんが心配してくれていたように、ＡＳＨＩの噂が少しずつ広まっているのか、新しく立ち寄ってくれる人の数が日に日に増えていた。重野さんのコーヒーを楽しんでもらいたいこともあり、椅子が足りない日が多くなっていたのだ。

また、お客さんが増えると共に、常連さんとの関係性も深まりつつあった。今回、新田さんが丸椅子を提供してくれたように、必要そうなものを譲ってくれるお客さんも何人かいる。夏の暑さ対策にと、扇風機を譲ってくれたお客さんもいたのだ。

今は売上を考えないスタイルとはいえ、最低限の運営費用はかかっている。重野さんは『お試し期間』と称してそれらを支払っているが、お客さんからの提供は非常にありがたい。

新田さんをはじめ、こうした協力に感謝するたび、私もＡＳＨＩの運営の今後について考える。

「あれ、りんさんがエプロンしてないの珍しいね」

さっそく譲ってもらった丸椅子を並べながら考えていたところで、新田さんの呼びかけが聞こえて、私はハッと視線を上げた。エプロンをしていない自分を一度確認してから、どう説明しようか悩む。

「今、いろいろ理由があって、あるお客さんに預けてるんです」

「えーっ、大切なエプロンを？　どうして？」

優芽ちゃんについて当たり障りない範囲で事情を説明していると、ばたばたと走る音が聞こえた。振り返ると、息を切らしてエプロンを抱えた優芽ちゃんがやってきた。

「遅くなっちゃった……」

「そんなことないよ」


手渡されたエプロンを開いてみると、胸元のＡＳＨＩのロゴが、カラフルなビーズで縁取られている。その下には、本のシルエットがきらきらと輝いていた。まるで絵本の物語からＡＳＨＩという言葉が浮かび上がって、流れていくようなデザインだ。

「わあ、かわいい！」

私はすぐにエプロンを身につけてみる。新田さんが拍手を送ってくれて、優芽ちゃんはホッとした顔でスマホを私に向けた。

「写真、撮っていいですか？」

「もちろん！」

誰かに自分が撮影されるなんて、久しぶりだった。快諾したものの、ポーズをうまく作れず、不器用に両手を広げてみたり、ピースサインを作ってみたりする。

「よっ、絵本ソムリエ！」

新田さんが調子のいい声をかけてきて、優芽ちゃんと顔を見合わせて笑う。

重野さんが他のお客さんへの対応を終えたらしく、新田さん用のコーヒーを淹れてこちらにやってきた。

「エプロン、いい感じだね。さすが優芽ちゃん」

「作ってる間、めっちゃ楽しかったです！」

優芽ちゃんはだいぶ表情が明るくなっていた。学校は今日も休んだのかもしれないが、それをわざわざ私たちが訊かなくてもいいだろう。

「ここのビーズにこだわったんです、白いページの感じが出るのどれかなって考えて」

優芽ちゃんが制作中の話をしている間、新田さんは絵本の棚の物色を始める。

「今日はどれを借りようかな」

私もそんな彼の動きを見て、今まで借りてきた絵本を思い出しながら、新田さんが好きな絵柄、物語、色合いを掛け合わせて、本棚の声に耳を傾ける。

「新田さんの好みだと、これとかおすすめですね」

絵本を手に取りながら話す私たちを見ていた優芽ちゃんは、自然とこちらの輪に入ってくる。初めて絵本に対して興味を持ってくれたようだった。

「私には、どんな絵本がおすすめ？」

優芽ちゃんは私の顔とエプロンを見て、誇らしそうな表情を浮かべてから、そう訊いてくる。私も優芽ちゃんがあしらってくれたビーズの本がランタンの灯を反射してきらめくのを見つめてから、本棚に向き合った。

「優芽ちゃんには、この絵本をぜひ読んでほしいな」

私が引き出したのは、丸い石ころが表紙の一冊だ。もしも優芽ちゃんが絵本に興味を持ってくれたら、この本をおすすめしようと決めていた。

「この絵本の表紙には、仕掛けがあって……」

私がカバーの紙をめくると、その石が宝石になって輝いていた。その部分だけ、本物の宝石が輝いているように見える特殊な用紙が使われている。

「きれい！」

優芽ちゃんはそのまま絵本を手に取って、重野さんから渡されていた貸出カードをポケットから出す。

「借ります！」

「ありがとう」

私は貸出カードに絵本のタイトルと日付を記入した。

「ビーズとはちょっと違うけど、この絵本はきらきら光る宝石の物語なの。きっと気に入ると思う」

続けて新田さんも一冊の絵本を選んで、椅子に座った。ほかのお客さんの多くは、借りる絵本を決めるために、椅子に座ってページをめくる。一方の新田さんは、先に借りる絵本を決めてから、椅子に座ってコーヒーを楽しむのがいつもの流れだ。みんなそれぞれ、楽しみ方は違う。

「優芽ちゃんは、特製ミルクコーヒーかな?」

重野さんの声がけに対して、優芽ちゃんは「飲みたい!」と高い声を上げる。大好きな一杯を待つ時間、新田さんの隣の椅子に腰かけ、私に視線を投げかけた。

「昨日からずっと、そのエプロンのリメイクに集中してて、私、ぜんぜんスマホ見なかった。気にならなかったんだ」

私はエプロン作戦が成功したことを知ってホッと胸をなでおろし、新田さんは優芽ちゃんの話の続きが聞きたいというように身を乗り出す。それを受けて優芽ちゃんは、新田さんに軽く炎上事件のことを説明した。その間、彼女のスマホは静かなまま、画面は黒く沈んでいる。

「思いきって電源を切ってみて、自分が好きなことに集中してたら意外と大丈夫なんだって、気づけた。っていうか、なんであんなにずっと見てたんだろうって、ちょっと冷静になれたかも」

優芽ちゃんの言葉に頷きながらも、すこし無理をさせたのではないか、と私は想像していた。自分自身もＳＮＳに触れてみたからこそ、その間には葛藤があっただろう、とわかる。その気持ちを伝えたくて、私は言葉を選びながら、話しかける。

「ＳＮＳは優芽ちゃんにとって大切な居場所なんだから、見ないのは簡単ではないことだと思う。でも、ちょっとだけ時間を置いてみるのって、やっぱり大事かもしれないね。……ちなみに、友だちには連絡しているの？」

「ううん、まだ。でも、心配してくれてるのに返信しないのは、よくないと思ってる」

優芽ちゃんはそっとスマホを手に取り、電源を長押しした。起動画面が表示されたあと、たまりにたまった通知がせわしなく画面を埋めていく。

「学校にも行かないで、ＬＩＮＥも既読つけないで……めっちゃ心配させちゃったな」

優芽ちゃんの指が、なめらかに画面を滑っていく。連絡をくれていた友だちに、メッセージを作っているようだ。

その様子を見守りながら、新田さんが誰にともなく大きめのひとりごとをつぶやいた。

「今は誰とでもつながれるけど、誰ともつながらないで考えたいときも、たまにはあるよね」

スマホさえあればいつでも、リアルタイムで誰かと言葉を交わせる。世界中の人に自分の存在をアピールすることもできる。逆に、そんな世界中の誰かに言葉を投げかけることも。

生活環境や価値観がまったく違う人を簡単に知ることができて、自分と比べることもできる。こんなにたくさんできることが増えた世界で、自分自身のことを大切にするのは、とても難しい。

私は新田さんのひとりごとを受けて、考えたことを話す。

「居場所が増えることは、きっといいことなんですよね。でも、誰とつながるか、どうつながるか考えること。それから自分が好きなこと、自分自身にかける時間をちゃんと守ること。それが私たちの心にとって、大事なことなのかも」

メッセージを送ったあとの優芽ちゃんのスマホが、すぐに鳴り始める。友だちから電話が来たようで、優芽ちゃんは立ち上がり、私たちから少し離れた場所で電話を耳にあてる。「心配かけてごめんってぇ」という甘い声が聞き取れた。通話する相手の優しく怒る声まで、容易に想像できる。

しばらくして彼女が戻ってくると、新田さんが「おつかれさま」と声をかける。優芽ちゃんも一仕事終えたという表情だ。椅子に座った彼女に、重野さんが甘い甘い一杯を持ってきた。自然と新田さんがカップを掲げ、優芽ちゃんと乾杯する。

最初の一口を飲んだ優芽ちゃんは、ぷはー、とビールを飲んだときのような一息を吐いた。

「もう、いいや！」

優芽ちゃんの一声は、ふっきれた明るいトーンだった。

「勝手に写真載せられて、ひどいこと言われて。私にとってはすごく大きなことだったけど、きっとみんなすぐ忘れるだろうし。そもそもそんなの気にしない友だちもいるし。写真を送った誰かは、きっと私のこと嫌いなんだろうけど、別にいいや。全員から好かれることなんて無理だし」

自分に言い聞かせるように、優芽ちゃんは言葉を並べていった。そして大きく息を吸い込む。

「うん。明日からは学校行く。こわいけど、行く」

その決意を応援するように、新田さん、重野さんは深く頷いた。

「なんとかなるよ」

安易な言葉かもしれないけれど、私は最大級のエールとして、その一言を伝えたかった。

優芽ちゃんを中心に、その夜はずいぶん長話《ながばなし》をした。夏の夜に焚火《たきび》を囲みながら本音を語り合うような、あたたかな時間が流れていく。楽しくて笑うたびに胸元で光るビーズがきれいで、私はたびたびエプロンに目を落としていた。

翌日から、雨が降り始めた。重たくのしかかる灰色の空を見ながら、ＡＳＨＩの活動はしばらく難しそうだ、と肩を落とす。

優芽ちゃんは学校に行けただろうか。

私はエプロンのビーズの凹凸をそっと指で撫でた。

6

優芽ちゃんに渡した絵本は、私自身が子どもの頃から大好きだった一冊だ。言葉はほとんど出てこない。ある日世界に誕生した石が、ころころと転がっていくだけの物語だ。

石は転がりながら、丸くなっていく。川に流されて、海に沈んで、しばらく休む。海辺で人に拾われて、投げられる日もあった。そうやっていくうちに、すこしずつきらきらと光る宝石になっていって、子どもがそれを拾う。親に教わりながら磨いて、大切に飾る。

その一連の流れを、石と風景の変化だけで描いている絵本だ。

私はずいぶん小さい頃、この絵本を父に見せてもらった記憶がある。いわゆる読み聞かせのスタイルだったが、ほぼ絵だけで進行する絵本なので、ページをめくりながら、「この石はどうなっていくんだろうね」と問いかけられていたのを覚えている。私がなんて答えたかは覚えていないが、石を人に見立てて、たくさん物語を想像した。その時間が楽しかったことは、覚えている。

ＡＳＨＩに積んである絵本たちには、私の幼少期の記憶がときどき重なる。親の読み聞かせがきっかけで、幼い頃の私は絵本が好きになった。だから葦田書店の絵本コーナーから自分が好きそうな絵本を選んで、家で読もうとした。

それを見つけた父に、ひどく叱られた。その驚きと恐怖の感情は、大人になっても忘れられない。優芽ちゃんが大泣きしている姿を見たとき、一瞬だけ思い出したのはこのときの自分の姿だ。

商品を勝手に持ち去ろうとしたのだから、叱られて当然だ。あのときの父の行動は間違っていない。

しかし、当時の私は店舗と家の境界線がわかっておらず、書店も自分の家のように感じていた。あまりお客さんが来ない、こぢんまりした書店だったから。本を盗もうなんて思っていなかった。ただ、わかっていなかったのだ。

その後の私が本嫌いになるのに十分なほど、父の叱り方は厳しいものだった。

それから小学校、中学校、高校と進学する間、よっぽどのことがない限り、自分から進んで本は読まなかった。

実家とつながっている書店も、できるだけ避けて暮らしていた。もちろん、父母の仕事の話にも一切関わらない。そもそも、私に対して話題を振られることはなかったけれど。

大学を卒業して、就職して、実家を出て。葦田書店を閉業するという連絡が来るまでは、もう本と関わることなんてないだろうと思っていた。いま、ＡＳＨＩで移動図書室をやっていることが不思議なくらい、私は本を避けて生きてきたのだ。

――この石はどうなっていくんだろうね。

私は今、まさに転がっている最中なのかもしれない。ＡＳＨＩの活動を始めてから、ようやく転がり始めた気がする。蓋をして忘れようとしていた記憶が、絵本や出会った人との会話を通じて、よみがえる。どれもこれも、当時は大きな感情を抱いていたことだけれど、いま振り返っても同じような感情は燃えない。

時間を置く必要があったのは、きっと私も一緒。

優芽ちゃんに一度スマホから離れることを提案した自分もまた、長い間、自分自身を守るために、家族や本という存在から距離を置いてきたのかもしれない。

7

降り続いた雨が上がり、道も乾いた日の夜、久々にケータリングトラックのドアを開く。しばらく眠っていた本たちの紙の香りが夏の緑の香りと混ざり合う。

優芽ちゃんのビーズが光るエプロンを身につけて、雨上がりの空気を吸いながら、おすすめの絵本を選ぶ。本棚に集中していると、背後から声をかけられた。

「こんばんは！」

そこに立っていたのは、制服姿の優芽ちゃんだ。私はその姿と声だけで、雨が降っていた間の彼女の時間が想像できて、嬉しくなる。彼女は学生カバンの中から、絵本を取り出した。

「絵本、返しに来ました」

「気に入ってもらえた？」

「うん、めちゃくちゃ好き！　正直、本を読むの苦手だから無理かなって思ってたけど、絵だけだったから大丈夫だったし、すごく絵がきれいだった」

優芽ちゃんが椅子に座ると、奥でコーヒーの準備をしていた重野さんが、「いつものだね」というようにアイコンタクトを送った。優芽ちゃんも応じて、両手を合わせて「よろしく」というポーズを取る。

「ずっと雨だったから、晴れた今日ならもしかしたら来るかもって思って、絵本入れて学校に行ったの。当たってよかった」

「私も今日こそは、と思ってたから嬉しいよ。学校帰りなんだね」

「うん、友だちとカフェ行ってから帰ってきたから、この時間になって……あ、ちゃんと友だちともうまくいってるよ」

優芽ちゃんは親指をグッと立てて、私の心配を解消してくれた。

「学校に行くまではめっちゃくちゃしんどかったんだけど、いざ行ってみたら、びっくりするくらい普通だった。もしかしたらみんな炎上のこと知ってて、知らないふりしてくれてたのかもしれないけど。炎上した投稿は、あれからずっと見てなくて。っていうか、SNS自体開いてなくて、その話を友だちにしたらね、友だちが『もうあっという間に流れたから大丈夫だよ』って教えてくれて。それでも見るのが怖いから、友だちと一緒にSNS開いたの。そしたら、拡散もあれっきり止まってて、またほかのネタがいっぱい増えてて。私がダンス動画を投稿してたアカウント自体も、別にそこまで叩かれてなかった。つまり、もう、何もなかったみたいな感じになってたの」

そう説明してくれた優芽ちゃんは、複雑な表情でいったん息を吐く。それから、手のひらに置いたスマホを指で撫でた。

「怒ったり悲しんだり、人が怖くなったり、たったの数日間だったけど、私、どうにかなっちゃいそうだった。でも、周りはそんなことなくて。なんか拍子抜けした。誰かからもらう反応に嬉しくなったり、悲しくなったり、自分が振り回されるのって、なんかばかみたいかもって思えてきて」

重野さんが、そっと一杯のミルクコーヒーを彼女に渡す。「ありがとうございます」と言って、優芽ちゃんはそれを一口飲み、「やっぱりおいしい」と顔をくしゃくしゃにして笑った。

「そう、そういうこと考えてる間、この図書室のことも思い出した。重野さんはコーヒーが好きで、りんさんは絵本が好き。で、私はビーズでアクセサリーを作るのが楽しい。そういう何かがあったら、周りなんてどうでもいいって思えるのかな、とか」

優芽ちゃんが私のエプロンに視線を送ったので、私はすこし胸を張って、彼女のビーズが輝く胸元を強調する。そして彼女の目を見つめる。

「私は、優芽ちゃんの趣味はすごく素敵だなって思ったよ。このエプロンも、ほんとうにお気に入り。だから、これからも自分の時間を楽しんでほしいなって思うよ」

優芽ちゃんは照れ笑いを浮かべて頷き、甘いミルクコーヒーをすすった。

「わたしは宝石、なのかな」

わたしは宝石。それは、優芽ちゃんが借りた絵本のタイトルだ。私は大きく頷く。

「そうだよ。きっと今、いろんなところをころころ転がってる最中なんだ。少しずつ角が取れて、丸くなって、それでも転がり続けたら、きっときらきら輝いていくんだよ」

「ふふふ、めっちゃ輝いちゃおっかな」

優芽ちゃんの表情は、今日の空みたいに晴れ渡っている。その言葉は、私にも染みわたっていった。輝いちゃおう。こんな自分だって、輝いたっていいんだ。今は石ころでも、自分なりの道を転がっていけばいい。ゆるゆると、思うままに。

「あ、そういえば。私、りんさんのおかげで、ひとつ思いついたことがあるの」

優芽ちゃんが学生カバンをごそごそと探って、一枚の布を取り出した。そこには、貸した絵本に出てくる、きらきら輝き始めた石の様子がビーズによって描かれている。

「え、すごい！　これ、絵本の絵をビーズで再現した、ってこと？」

「そう！　試しに作っただけなんだけど、ビーズを使って絵を描いて、それを写真に撮って絵本にしたら、すごくきれいかなって」

「わー、見てみたい！」

「私はビーズ刺繍をやっているんだけど、こういう作品にはアイロンビーズを使うのも楽しそうなんだよね。アイロンビーズは、プレートに並べたビーズをアイロンで溶かすんだけど、刺繍とはまた違った質感を表現できるんだよ。ビーズで何か作るのが楽しいって感じたら、いろいろ試してみたくなってきて」

そう語る優芽ちゃんは、もうすでにきらきら輝いている。彼女がころころと転がっていく道のりのひとつに、ＡＳＨＩがなれてよかった。私はそう思いながら、彼女のアイデアに耳を傾けた。

8

それからしばらく経った。そろそろ夏の日差しが落ち着いてきただろうか。ＡＳＨＩの活動予定を入れていない日曜日、私はいつもよりすこし遅めの時間にベッドから出て、カーテンを開ける。

この休日、重野さんのお子さんが実家に帰ってくるらしい。久々に家族全員と過ごすと言っていた。一方の私は、特に予定がない。そういう日もあっていい。

パンをかじりながら、何の目的もなくスマホを開く。テキストを投稿するSNSでは、今日も物騒なニュースが流れ、辛辣《しんらつ》なコメントが飛び交っている。疲れちゃうな、とすぐに閉じた。

ホーム画面に並ぶアプリを眺めていて、ふと、動画を投稿するSNSの存在を思い出した。

これは、優芽ちゃんのダンス動画を見るためにダウンロードしたものだ。優芽ちゃんとの交流がなくなってからは、開いていない。

こちらも相変わらずだった。たくさんの人がダンスを踊り、メイク中の様子を解説し、一発ギャグをかましている。検索履歴に残っていた優芽ちゃんのアカウントを確認してみたら、もう削除されていた。

優芽ちゃん、どうしてるかな。

ASHIの拠点をあの川沿いのスペースから別の場所に移してから、優芽ちゃんとは会っていない。もう心配しているわけではないけれど、またあの笑顔が見たいな、とは思った。

またいつか、ASHIに来てくれたらいいな。

そんなことを思いながら、自動再生されていくおすすめ動画の画面を閉じようとしたとき、パッと画面が色とりどりの輝きで満たされた。

ビーズで作られた、童話の世界。カメラを動かすことで、光の角度によって表情を変えるビーズ作品の魅力が伝わってくる。完成した作品の全貌を映したあと、動画は制作中の手元を高速で撮影したものに切り替わる。

コメント欄には、「すごい」「きれい」「天才」といった言葉が並んでいて、再生回数はどんどん増えている。

私はその手を、よく知っている。スマホを不安そうに握っていた、あの手だ。

でも彼女はもう、誰かからの賞賛が欲しくてこの動画を投稿しているわけではない。自分が好きなことを、やりたくてやっている。それが動画から伝わってくる。

「居場所、取り戻したんだね」

私は初めて、右下にあるハートマークを押す。心の底から押したいと思って、彼女に贈るリアクションだ。そしてコメント欄を開いて、熟考の末、一言のコメントを打った。

——あなたは宝石。

短い言葉でも、きっと彼女に届く。

私はスマホを閉じて、何の予定もない一日の空気を吸い込んで、伸びをした。

第2話のまとめ

SNSとの適度な距離の取り方

スマートフォンの普及に伴い、SNS（ソーシャルネットワークサービス）は日常的に多くの人々に使われるようになりました。SNSを活用することで、私たちは幅広い情報を得たり、世界中の人とつながったりできますが、使い方には注意しなければなりません。

SNSの魔力にとりつかれると、たとえ悪影響があるとわかっていても、やめられない状態になってしまうことがあります。「予定よりも長時間SNSを利用してしまう」「SNSを見ていないと落ち着かなくなったり、イライラしたりする」なんてことから、日常生活に影響が出ている人も少なくないのではないでしょうか？

ＳＮＳは承認欲求を満たしやすいだけでなく、そこで得られたつながりを維持することへの強制力も働きやすいものです。一度始めるとやめるのが難しく、利用時間が延びてしまい、いつの間にかやめられなくなってしまうことも多くあります。

そういった状態にならないよう、利用頻度や時間を適切に保つ工夫が必要です。例えば、「誰かと話している間はスマートフォンを触らない」「ＳＮＳの通知をオフにする」といったルールを前もって決めておくと効果的です。また、「自分が何のためにＳＮＳを使うのか」という目的を設定し、どのくらいＳＮＳを見ているか時間をチェックするようなアプリを入れると、使いすぎたときに自覚しやすくなります。

また、ＳＮＳ上で育《はぐく》まれる人間関係や交わされるコミュニケーションについても、自分にとってそれらが負担に感じるのであれば、一定の距離を置くよう心がけましょう。ＳＮＳを通じて好意的な評価を得たり、親しい人間関係が生まれたりすると、それらを手離したくないという感情が無理につながってしまうこともあります。

使い方によっては、ＳＮＳが大切な一つの居場所になることもあります。それは必ずしも悪いことではありませんが、「たかがＳＮＳ」をたかがＳＮＳと感じられなくなったときは、距離を置いてみる良いタイミングかもしれません。

家庭、職場、学校など、さまざまな環境の一部として、私たちは生活しています。ＳＮＳはあくまでその中のひとつであるということを忘れず、適切な使い方を続けられれば、ＳＮＳは私たちに新しい出会いや情報をもたらしてくれるものとして活用できるでしょう。

第3話

きみの色、ぼくの色

1

「かぼちゃのスープを飲みに行こう」

私の数少ない友だち、美月《みづき》から届いたメッセージだ。いつも美月には食べたいお目当ての一品があって、そのお目当ての品があるレストランに誘われる。誘いは不定期だが、一年に三回程度という印象だ。

久々に繁華街がある駅の広場に立つと、街はハロウィンに染まっていた。雑貨店の軒先には死神の人形が飾ってあり、居酒屋の看板にもジャックオランタンの絵が描かれている。

「よっお待たせ」

聞き慣れたハスキーボイス。美月が両手に買い物袋を提《さ》げて立っていた。

「どこか寄ってきたの?」

「せっかく東京に来たから、まとめて買い物しとこうと思って」

私と美月は、東京から電車で二時間ほどかかる、山のふもとの小さな町で生まれ育った。中学校から高校までの六年間を共に過ごしたが、大学進学で私は上京し、美月は地元で就職した。

私たち二人の共通点は、距離が近すぎる人間関係が苦手なところと、マイペースなところ。その温度感が合っているからちょうどいい頻度で会えるし、連絡無精《ぶしょう》でも気後れしない。

美月は軽い足取りで、飲食店が並ぶ小道を先導している。スマホでお店までの道のりを見ているようだった。

「今日予約したお店はね、季節の食材をつかった創作料理が売りなんだよ。去年オープンしたばっかりの人気店」

「そういうの、よく調べるよね」

「おいしいごはんを食べるのがしあわせだからさ」

「東京に住んでたら、おいしい店通い放題だよ」

「まあね。でも実家暮らしが楽だし貯金できるから、東京はたまに来るだけでいいや」

私は実家から出たい一心で東京の大学に進学した。その理由がなかったら美月と同じように考えて、今でも地元にいただろう。

東京での暮らしを、私はそれほど楽しめない。ＡＳＨＩの活動を始めてから、ようやく家と勤務地以外の場所に行くようになった程度だ。

目的の店のドアを開けると、こぢんまりとした店内はすでにほぼ満席だ。暖色の間接照明が大人っぽい雰囲気を醸し出している。二人組の客が多く、落ち着いたＢＧＭが流れているので、店内は全体的に静かだった。

予約席に案内されると、さっそく美月はメニューを手に取り、ページをめくる。

「かぼちゃのスープは絶対ね。あと季節ものだと秋刀魚《さんま》とか栗とか……」

「お任せします」

私は美月が楽しそうにメニューを選ぶのを見るのが好きだ。美月は食のこだわりが強いから、私みたいに何のこだわりもない相手を誘ったほうが気楽で自由だ、と以前言っていた。一方、優柔不断な私は意見を求められると困ってしまうので、どんどん決めてくれる美月が相手だと助かる。こういうところも、きっと相性がいいんだと思う。

一通りの注文を済ませ、お酒が届いて乾杯したところで、美月はようやく会話するモードに切り替わったようだ。

「で、最近どうよ、いろいろ」

「何も変わらないよ。仕事は相変わらずだし。移動図書室の活動は、楽しいけど」

「移動図書室、まだ続いてるんだ！」

「失礼だなぁ、続かないと思ってたの？」

私は唇を尖《とが》らせる。そんなにすぐ辞めると思われていたなんて心外だ。

「いや、だって。りんが本に関わることをやり始めるなんてびっくりだったし、もともと知らない人と話すの苦手って言ってたから。重野さんだっけ、りんのことを誘ったおじさん。あの人の誘いを断るに断れなくて、お付き合いでちょっとやったらすぐ辞めるのかな、って思ってたよ」

「そっか……言われてみたら、そうだよね」

はじめに重野さんからＡＳＨＩの構想を聞いたとき、私は逃げ腰だった。美月が言うとおり、自分には合わないと思っていた。

まさか絵本の紹介がこんなに楽しくなるとは、あの頃は思ってもみなかった。

「でもよかったじゃん、楽しいこと見つかって。バイト代はもらってるの？」

「ううん、ボランティアだよ。でも、運営費用はぜんぶ重野さんが支払ってくれてるから、私は時間をつかっているだけ」

「そうなんだ。ほんとうに楽しくなかったら、なかなか続かないよ。お金のモチベーションって大きいからね。純粋に楽しいことが見つけられて、よかったじゃん」

美月は私が色あせた生活を送っていたことを知っている。学生時代から熱中する趣味もなく、何かのファンでもなかった。それを「つまらない」と思わない人だから、美月とは仲良くやれている。しかし、美月は美月なりに、何事にも熱中できない私を心配してくれていたのかもしれない。

「そうだね。私にしては珍しく、この活動が好きだなって思えてる。色んな人と話してると、自分自身のことを考えるきっかけをもらえるんだ。本の貸し借りが目的だから、そこまで深い人間関係にならないのも、私にとってはちょうどいいのかも。場所も移動するから、ずっと通い詰める人も少ないし。たまにいるけどね」

「そっか。そしたら移動図書室での出会いが恋愛に発展することはなさそうか」

「ないない。そういう美月は？」

「ない。実家と職場の行き来で、出会いがない。だから、マイペースなりんを見てると安心するよ。周りはどんどん結婚していくから」

「そういうの、美月でも気にするんだ」

「そりゃあ多少は気になるよ。実家にいると母親がそれとなく彼氏がいるかどうか探りいれてきたりするし。直接『はやく結婚しろ』って言われるわけじゃないけど、なんとなく察しちゃうよ」

「大変だね。うちの親も、そういうの気にしてるのかな」

婚期や恋愛の話なんて、一度もしたことがない。焦《あせ》らされるよりは気楽だが、関心を持たれていないような気もして、すこしさみしい。自分から距離を置いておいて、わがままだな、と我ながら呆れる。

でも、両親と自分の間に流れる空気を思い返すと、そんな話を聞いてもらえる雰囲気ではなかった。書店の経営に一生けん命な姿を見ていると、たとえ言いたいことがあっても気後れしてしまって、言うに言えなかった。

「そもそも、ご両親と会話するようにはなったの？」

「いや、全然」

「やっぱり。ねえ、たまには実家帰ってもいいんじゃない？」

「うん、まぁ、そうだよね……」

私は歯切れの悪い返答をして、視線を泳がせる。

東京に出てから、なんだかんだと理由をつけて、連休に入っても実家には帰らなかった。美月が毎回東京に出てきてくれるのは、裏を返せば私が地元に帰らないからだ。母親との間でテキストメッセージを送り合い、必要なやりとりは最低限するが、それ以外は一切会話をしていない。このままではまずい、とは思っている。

「移動図書室の話題なんて、ちょうどいいじゃん。絵本はご両親から借りたものなんでしょ？」

「そう。重野さんを介して借りちゃったから、まだちゃんとお礼も言えてない。最初はこんなに活動にのめりこむと思ってなかったから、別にいいかって後回しにしちゃってたんだけど、そろそろちゃんとあいさつ行かなきゃな、とは思ってるよ」

「りんと家族とのことだから、私は口出しできないけど、そういうのってタイミング逃すとずるずる長引いちゃうから、早めに済ませたほうがいいと思うよ」

私は頭を抱えて、ため息をつく。頭ではわかっているのだが、なかなか行動できない。きっと両親だって、私と会いたいなんて思っていないはず。両親と自分がお互い見合って、なんの話題もなく沈黙が続く様子を想像する。重い沈黙で頭が割れそうだ。

「ああ、ごめんごめん、そんな悩ませるつもりは……」

美月のその言葉に、私の背のほうから女性の声が重なった。

「そんなつもりはなかったんだけど」

2

ちょうど私の後ろ側の座席にいる女性のようだ。今までも後ろで会話はしていたと思うが、その言葉がやけにはっきり浮かんで聞こえてきたのは、明らかに怒りや不満といった感情がこもった、すこし大きな声だったからだ。

美月もその声にぴくりと反応する。私と向き合う形で座る美月は、正面を向いているだけで、声の主である女性の後ろ姿と対話相手が見えるはずだ。美月の視線が私からさらに奥へと運ばれたので、どんな人たちなのか確認したのだとわかった。

「カップル。ケンカしてるっぽい」

ほとんど口パクで、美月は私に伝える。

そこでちょうど頼んだ品々が店員によって運ばれたので、私たちはそれをテーブルに配置しながら、「おいしそう」と笑みをこぼす。美月はスマホを取り出して、それぞれの皿の写真を撮った。

この間、しばらく会話が止まる。一度後ろの会話が気になってしまうと、つい耳が言葉を拾ってしまう。男女の声のラリーが、かなり速いペースで繰り返されていた。

「いや、今の話、どう考えても結婚はやくしろよって流れだったでしょ」

「ただ私は、将来こんな家に住みたいとか、こんな生活がしたいとか、そういう話してただけじゃん」

「じゃあ俺は『そうだね』って頷いて聞いてればよかった？　その生活のためには結婚しなきゃねって事実は無視していい？」

「何その言い方。そこまで私と結婚したくないわけ」

「したくないとは言ってないじゃん。ただ、今はそうじゃないっていうか。急《せ》かされるのは嫌だなっていうか。お互いにとっていいタイミングって、きっとあるでしょ」

「お互いお互いって言うけど、それって壮亮《そうすけ》のタイミングってことでしょ。私のタイミングなんて考えてないくせに」

「ってことは、早くしたいってことだろ？　ほら、やっぱりそうじゃん」

「……最近どうかしてるよ。まじで無理」

　ガタン、という音が背に響く。私の背後で、人が動いている空気を感じる。私は美月に『後ろ、どうなってるの』と伝わるように目くばせする。美月は何かを言おうとしたが、瞬時にパッと視線を下げる。

　私たちのテーブルの横を、女性が歩いて出口に向かっていった。目で追えたのは後ろ姿だけだが、秋っぽい色を取り入れたセンスのいい着こなしが印象的だった。

　私の後ろから、大きな大きなため息が聞こえる。体の中のすべてが抜けてしまいそうなため息だ。ということは、男性だけがテーブルに残っているということだろう。

「……なんか、気になって最後まで聞いちゃったね」

「ね」

「彼氏がいたらいたで、結婚いつにする問題が発生するのかぁ」

「必ずしもそうとは限らないでしょ」

　美月と私は小さな声で言葉を交わし合うが、後ろの男性のことを考えると、もう別の話題に切り替えたほうがいいだろう。と言っても、そう簡単に区切りがつかないので、私は「ちょっとお手洗いに行ってこようかな」と、話題をリセットすべく立ち上がる。

トイレは後ろにある。振り返り、ケンカしていた男性にちらりと目を向けて、私は思わず「あ」と声をあげた。男性も私の顔を見上げて目を丸くする。

「新田さん！」

「りんさん！」

3

新田さんがＡＳＨＩの常連であることを美月に伝えていると、偶然の出会いによって食事が進まない状況になっていることを察した店員が、「ご一緒しますか」と提案してくる。断る理由もないし……とお互い視線を交わし合い、新田さんが私たちのテーブルに移動して座ることになった。なんだか不思議な集まりになってしまったと頭をかきつつ、三人で乾杯して、料理を食べ始める。美月は予想外の展開にワクワクしているようだ。

話題はもちろん、途中で出ていった彼女とのことになる。盗み聞きをしていたとは言いづらいが、彼女が食事の途中で出ていってしまったことは明らかだった。それに、新田さんもつい先ほど起こった一連について、誰かに聞いてほしいようだった。

「交際して五年、同棲して一年。彼女は来年三十歳。もう、これでもかというほど結婚フラグが立ってるんですよ」

「でも、今はそういう気分じゃないって感じですか」

美月は初対面にもかかわらず、新田さんに質問を投げかける。美月はもともと私よりもコミュニケーション能力が高い。学生時代も、必要に応じて広く浅く友人関係を作っていたもんなぁ、と昔の姿を思い出す。

「結婚しなくても二人の生活は成り立ってて、もう十分しあわせなんです。でも結婚ってなると、家族ぐるみの付き合いとか、子どもをどうするかとか、いろんな新しい問題が出てくるんですよ。それが怖いっていうか、だったら今のままでいいじゃんって思っちゃう」

「彼女さんは『結婚したい』って言ってるんですか？」

「いや、ストレートには言われてないけど、なんか察しちゃうんですよ。会話の節々から。たとえば、一緒に映画を観ていたら『こういう家族、いいよね』って言われたり、SNSに載ってた風変わりな結婚式を『これ、おもしろくない？』って見せてきたり」

「もしかしたら、たまたまそういう話題が多かっただけかも」

「いや、絶対にあれは結婚を意識してますよ。プロポーズ待ちなんですよ」

美月は強い言葉尻の新田さんを、珍しい動物を観察するような目で見つめている。

その目を、私は知っていた。だから美月の心の声が手に取るようにわかる。

――本人に訊いてみなきゃ、わかんないじゃん。

この言葉は私が中学生の頃、「クラスメイトから嫌われている」と思い悩んでいたときに、美月からかけられたものだった。私には本人に直接訊くなんてことは、怖くてできなかった。むしろ、嫌われていることを理由にそのクラスメイトと距離を置きたい、とすら願っていたのだ。

そんな本音を聞いて、美月は今、新田さんに向けているのと同じ目で私を見た。

——それって、りんのほうが相手のこと嫌いなんじゃないの。

私はハッとして、すぐ否定したのを覚えている。そんなことない、相手が私のこと嫌ってるんだ、と。でも、あのとき私が異様に焦《あせ》ったのは、それが自分でも気づいていない本心だったからだ。

「……彼女のサインに新田さんが反応するのは、新田さん自身も結婚を意識しているから、かもしれません」

学生時代の自分が美月の言葉で受けた衝撃と、反射的に拒否したことを思い出しながら、私はなるべくオブラートに包んだ言葉を紡いだ。新田さんはそれを受けて、大げさに困った表情をする。

「そりゃあ、意識せざるを得ないですよ。最近、結婚って言葉を聞くたびにびくびくしてます」

冗談っぽく流されてしまったので、私はそれ以上踏み込むのをやめた。美月の意識はいつの間にか食事に注がれていて、大本命だったかぼちゃのスープに夢中だ。

「……でも、タイミングは来ると思うんです。彼女のことは好きですし、ずっと一緒に暮らしたいと思ってます。だから心の整理がついて、二人とも納得できるときに、話し合って次のステップに行ければいいのかな、って」

新田さんは一息ついて、財布から一万円札を取り出す。

「あんまり帰りが遅くなると、彼女との仲直りのタイミングを逃しそうなんで、俺、もう帰りますね。今日は話聞いてくれてありがとうございました。すみません、水入らずの場所に混ざっちゃって」

私たちが一万円札を返そうとあわあわしているうちに、新田さんは片手でスマートなあいさつをして、店から出ていった。

「彼女さん、大変そう」

美月は片方の唇を上げて笑ってから、またかぼちゃスープに没頭した。

4

それから数日後、ＡＳＨＩの準備を済ませてから、仕事帰りに雑貨店に寄って買ってきたものを袋からいそいそと取り出す。

「お、ハロウィンだね！」

ジャックオランタンの形をした小さなランプを本棚に飾ると、重野さんが拍手を送ってくれた。

「この前、友だちとご飯を食べに行って、街の中がハロウィン一色になっていることに気づいて。こういうシーズンもののお飾りがちょっとでもあると、気分が高まりますね」

おすすめの本棚には、おばけが主人公の絵本や、夜に冒険をする絵本を前に出した。ハロウィンの日を描いた絵本もどこかにあったはず……と本棚を探っていると、聞き慣れた自転車のブレーキ音がした。

「あ、新田さん！」

新田さんは軽く会釈して、走り寄ってくる。

「りんさん、重野さん……ちょっと相談、聞いてくれませんか」

重野さんと私は顔を見合わせて、「もちろん」と大きく頷いて椅子を差し出す。重野さんは、相談ごとにはコーヒーを、と準備に取り掛かった。

「もしかして、この前の彼女さんのことですか？」

「そう。あの日の夜、帰ったら彼女がいなくなってて。言い合ったあとだから時間を置きたかったのかな、と思って待っていたんだけど、結局帰ってこなかったんですよ。心配になって深夜電話したら、『しばらく実家にいるから、連絡してこないで』ってメッセージだけが来て、以降それっきり」

「実家なら、ひとまず安心ですね」

新田さんの緊迫感に気圧されながら話を聞いていたが、いったんそこで一息つく。安全な場所に居ることがわかれば、大人同士なのだから、大きな問題ではないはずだ。しかし新田さんは、深刻な表情を変えない。

「そうだけど、もう三日も経つのに帰ってくる気配がないんですよ。時間を置きたいんだろうと思って連絡は控えていたけど、さすがに『もうそろそろ帰ってこない？』って今朝連絡をしました。で、まだ返信がない。これって、ひたすら待ったほうがいいのか、それとも実家に迎えに行ったほうがいいのか……」

「彼女さんの実家は、近いんですか？」

「電車で三十分くらい。一応、向こうのお母さんとも面識があるから、迎えに行っても迷惑ではないと思うんだけど……」

彼女さんの立場や状況から心のうちを想像するものの、恋愛経験がほとんどない人生を送ってきた私には、まるで見当がつかない。こういう場合、彼に放っておいてほしいのか、それとも迎えに来てほしいのか。彼女さんのことをもっと知らなければ、最適解はわからなそうだ。

「彼女さんは、今まで家出をすることはあったんですか？」

「いや、今回が初めて。関係がぎくしゃくし始めたのも最近。それまでは穏やかで、言い合いも少なかったんだ」

「その原因って、やっぱり……」

「そう、結婚。気になり始めたのがいつからだろう……たぶん彼女の誕生日だったかな。『いよいよ二十代もラストかあ』って彼女が言ってから、家族とか結婚とか、そういう話題が増え始めた気がして。これはつまり、二十代のうちに結婚したいってことか。そう思ってからは、会話がどんどんしんどくなってきて」

「結婚について、直接話し合ったことはあるんですか？」

「いや。向こうが遠回しに伝えてくるから、こっちからも話を振りづらくて。何より、話し合いになったら、結婚のための具体的な話になりそうなのが嫌なんだよ」

　そこまで聞いたところで、重野さんがあたたかなコーヒーを持ってきた。新田さんがようやく表情を緩ませて、その一杯をありがたそうにする。

「彼女さんっていうのは、どんな人なんだい？」

　雰囲気が柔らかくなった新田さんに、重野さんは穏やかな声で尋ねた。

「一緒にいて、居心地がいい人……ですかね。出会ったときから、無理しなくても楽しい時間が過ごせていました。俺、もともと人と親しくなりすぎるのが苦手なんです。仕事仲間も友だちも、一線引いてたほうが楽なタイプ。だから、彼女は特別でした。彼女は付き合い始めてからも、お互いの距離を詰めすぎない人で、すごく合ってるなって思いました。だからといって心が離れすぎるわけでもないのが、不思議なんですよね。ちゃんと本音で話してくれるし、見てほしいところはしっかり見てくれてる。

俺にとっては、最高のパートナーです」

「そんなに相性のいい人でも、結婚するのは不安なものなんですかね」

話を聞けば聞くほど、彼女は新田さんにとってずっと一緒にいたい存在なのだと思えた。それでも新田さんは、結婚しようという気持ちにはならない。その理由が気になってしまった。

「結婚が不安というよりも、俺たちの関係性の邪魔になりそうだって感じてるのかも。だって、彼女は今やってる仕事が楽しくて、家事より何より仕事を優先したいって言ってる。俺も彼女ほど向上心はないけれど、仕事にはそれなりに思い入れがあるし、自分の時間を大切にしたい。お気に入りのカフェや本屋を巡ったり、こうしてＡＳＨＩで話して、絵本を借りたり。自転車でふらっと知らない街に行くのも好き。居心地のいい生活スタイルが二人ともあるのに、結婚したらそれが崩れちゃうかもしれないでしょ」

その気持ちは確かにわかる。私も、もしも誰かと結婚することになって、家にいる時間が減るからＡＳＨＩの活動はやめてほしいと言われたら、ショックを受けて反対するに違いない。自分がやりたいことをあきらめず、誰かと家族になるというのは、そんなに難しいことなのだろうか。

「もしも結婚するとしたら、どういう暮らしがしたいのか話し合ってみるといいかもしれませんね。そうしたら、自然とお互いがどうしたいのかもわかるはず……」

それを聞いている新田さんの表情を見て、私は言葉を途中で切った。美月とご飯を食べているとき、両親に会うことを先延ばしにしていると指摘されて、きっと私はこういう顔をしていたのだと思う。

「……って、わかっていてもなかなか行動に移せないときもありますよね。それこそ、時間が必要なのかも」

そう付け足すと、新田さんはどこかホッとした顔をした。新田さんが繰り返し言う『タイミング』というのは、この時間を乗り越えたあとのことを言っているのかもしれない。

「自分と向き合う時間のお供に、絵本、借りていきますか？」

「うん。一冊、選んでほしい。帰ったら一人だし、手元に絵本があったほうがいい夜が過ごせそうだから」

私はずらりと絵本が並ぶ本棚に向き合い、新田さんから聞いた話を整理していく。

新田さんは、自分に合っていると感じる素敵なパートナーと出会っているし、いい関係性を築いてきた。けれど結婚という節目について考える機会が増えて、相手との会話に違和感が生まれつつある。彼女はすぐに結婚がしたい。自分はもうすこし時間がほしい。だって、二人の時間は今でも十分しあわせだから。ここについて、お互いの意見が食い違っていることがケンカの原因だ。

……と、新田さんは考えている。

私は指先で絵本の背をなぞっていき、ある一冊の上でぴたりと動きを止めた。

「この絵本を、おすすめしたいです」

私はそっと一冊引き抜き、新田さんに手渡した。その絵本の表紙は、さまざまな色の円が描かれていて、ときに重なって別の色になっている、まるで色づくりをしている途中のパレットのようなものだ。

新田さんはまじまじと表紙を眺めてから、そっと自身のカバンの中に閉まった。

「ありがとう。家でゆっくり読みます」

コーヒーを飲み終えた新田さんは、いつもよりすこし高めの金額を重野さんに手渡した。重野さんはその金額を見て戸惑っていたが、価格を決めていないからこそ、その時々によって高い金額を払いたい人もいるのだ。そのことに思い至ったのか、丁寧に礼をして受け取った。そして新田さんが帰っていくのを、二人で見送った。

「二人で話し合いができるといいね」

「きっとできると思います」

新田さんの中で、話し合いに進むことを阻む『壁』になっているものは、いったい何なのか。手渡した絵本がヒントになって、新田さん自身がたどりつければいい。

5

新田さんの相談がきっかけで、『二人』という単位で物事を考えることが多かったからか、家に帰ると、自分が一人であることを痛感する。蛍光灯に照らされたワンルームには、自分が必要な家具だけが置かれていて、ほかの人の気配が一切しない。それに、脱いだままの靴下や、中身を確認してそのままの郵便物なども、ところどころ散らかっている。もしも誰かと住んでいたら、こういうものはもっとはやく片付けるはずだ。

一人は楽なんだけど、一生このまま一人って考えると、それはそれでこわいな。

そんなわがままが、心の中を流れていく。でも、もしかしたらそんなわがままこそが、誰かと一緒に生きることを望むきっかけになるのかもしれない。相手のことが大好きで一緒にいたいという感情の根には、自分の欲があるのではないか。

そんなことを考えながら、部屋着に着替えて、先ほど目についた靴下を洗濯かごに放りこんだり、郵便物の袋を捨てたりする。

うちの両親は、果たしてどんな道のりを経て結婚して、家庭を築いたのだろう。私が物心ついたときには、両親は書店を営むための経営パートナーというのがぴったりくる間柄になっていた。

父が経営と書店運営をリードし、母が適宜《てきぎ》それをサポートする。家事もその一部に溶け込んでいて、書店を軸に家族が動いているような家庭だった。

幼い私はその中で役割が見いだせず、とにかく邪魔をしないように過ごそう、と考えた。そして自分が本嫌いになってからは、極力両親と関わらないようにしてきた。

そういえば、両親がケンカしているところを見たことがない。だから仲がいいというわけでもない。もしも互いの意見が食い違ったとしても、どちらかが相手に合わせることが多かったように思う。

本音を言わない、ケンカをしないというのも、毎日オープンする書店を共に営んでいく者同士の処世術、という感じがしていた。

思春期の頃は、家族に対して覚える違和感に、おおいに悩んだものだ。「もっと愛にあふれた家庭がよかった」「そんなに書店が大事なら子どもなんて産まなきゃよかったのに」と、心の中で唱えていた。一般的な家族像への憧れや嫉妬《しっと》、怒りや悲しみの感情がごちゃ混ぜになって、大きくふくらんでいた。

今は、もうそんなことは思わない。うちの家族は、たまたまそういう形だっただけ。そう思えている。

振り返ってみると、両親が家族について実際どう感じていたのかは、一度も聞いていない。自分自身が心の中で煮詰めた考えや感情は思い出せるが、両親と向き合って対話した記憶はなかった。

——本人に訊いてみなきゃ、わかんないじゃん。

美月の言葉が、心によぎる。私も新田さんも、向き合わなければ前に進めない関係性を抱えて、相手から目をそらし、自分の中で想像をふくらませている状態なのかもしれない。

新田さんの課題解決を願うなら、私だって。

スマホの連絡先の中に入った、『実家』という電話番号に震える指を重ね、あと少しというところで息を吸って画面を閉じる。まだ、だめだ。

その息苦しさを自分も知っているからこそ、新田さんにも時間が必要だとわかる。焦らず、少しずつ向き合っていけばいい。自分にも言い聞かせるように、そう思った。

6

ハロウィンの飾りつけを始めてから、ＡＳＨＩに来てくれる人が増えた。おすすめの本棚に並べていたハロウィンを連想する絵本も、すぐ借りられていく。やっぱりシーズンを意識したほうが、いろんな人に届きやすいのかも。工夫したことで得られた手応えに、私はちいさくガッツポーズする。

子連れのお母さんに一冊の絵本を貸して見送ったあと、一段落するのを待っていた、という感じで新田さんがやってきた。今日は自転車ではなく、徒歩だ。歩いてくる雰囲気を見るに、事態は好転していないらしい。

「今日は、重野さんのコーヒーを一杯、飲みたくて」

重野さんは言われる前から、新田さんのための一杯の準備を始めていた。その背中を見て、新田さんは安心したように小さく笑う。

「その後、どうですか……？」

遠慮がちな私の問いに、新田さんは首を横に振る。

「ぜんぜん連絡が返ってこないから、思いきって仕事帰りに彼女の実家に寄ってみたんだ。でも、インターフォンを鳴らしても誰も出なかった。マンションだから、俺が来たってわかって、居留守《いるす》をつかったのかもしれない。ほんとうに不在だったのかもしれないけど」

「新田さん自身は、彼女さんとお話しする準備は、できたんですか？」

「……ちょっとは……できたのかな」

新田さんは歯切れの悪い答えを返して、自分の手元に目を落とす。

「でも、今さら話し合っても意味がない可能性だってある。もしかしたら彼女はもう、俺と別れたいのかもしれない。これだけ長く連絡もしてこないし、会う気にもならないなんて。実家に居るっていうのも嘘かもしれないし、タイミングを見て、家の荷物も一気に引き払ってしまうかも……」

「新田さん、落ち着いて」

重野さんはそう呼びかけながらコーヒーを渡して、ぽんぽん、と肩を叩く。

「一人で過ごす日が続いて、不安だね。悪い想像がどんどん広がってしまうね」

でもそれは、ぜんぶ想像だ。重野さんはそこまで言わなかったけれど、声の芯にある強さが、そう伝えたがっていた。新田さんは「すみません、思わず取り乱しちゃって」とつぶやき、コーヒーを飲んだ。

「こんなに大ごとになるとは思ってなかったんです。今までは、軽い言い合いをしても翌日にはすぐ仲直りしていたから。いつもとは違うってことを、日に日に実感していくんです」

「優芽《ゆめ》ちゃんって、覚えてますか？　ＡＳＨＩに夏ごろ来ていた、女子高生のお客さん」

私がそう問いかけると、新田さんはしばらく上を見て「あの子か」と、手を叩いた。

「優芽ちゃんも、炎上をきっかけに周囲との距離を置きたくなって、大切なお友だちの連絡にも返信できなくなってました。でも、それはお友だちのことが嫌いになったからじゃありません。自分の時間を一時的に守るために、そうしていたんです」

優芽ちゃんが友だちと久々に電話でつながる瞬間には、新田さんも立ち会っていた。

そのときのことを思い出したのか、新田さんはすこし表情を緩ませる。

「まだ彼女には時間が必要ってことなのか……」

「時間が必要なのは、新田さんもです」

私はいつもより強めの声で重ねた。すこし驚いた顔で私を見つめる新田さんに、言葉を続ける。断定口調で何かを言うのは苦手だが、新田さんに気づいてほしかった。

「新田さんは、二人の関係性を変えたのは結婚にまつわる価値観の違いだと推測しています。でも、彼女さんのほうが実際どう思っているかは、話してみないとわかりません。それをちゃんと聞く準備ができて初めて、彼女さんと会う準備が整うのだと思います。彼女さんは、新田さんの準備がまだできていないと気づいていて、あえて連絡を無視しているのかもしれません。……これは、私の勝手な想像だけど。だから、焦らなくていいんです。新田さんが彼女と話し合おうと思えるまで、ゆっくり自分と向き合ったほうがいいと思います」

ストレートな言葉を伝えるのは、緊張する。私はどくどく鳴る胸に手をあてて、一度深呼吸をした。新田さんは私の言葉をかみ砕くようにしばらく黙っていたが、やがてゆっくり口を開いた。

「正直、自分のことはよくわからない。でも、そうも言ってもいられないなって、りんさんの言葉を聞いて思いました」

言葉を受け止めてもらえたことで、私はホッとした。新田さんは続けて、貸した絵本の話を始める。

「今回の絵本は、人との向き合い方について、ヒントになると思って貸してくれたんですよね。いろんな色を持った丸い存在が、自分の色を強く主張するまま相手にぶつかると、相手の色が濁ってしまう。逆に相手の色を受け入れすぎてしまうと、自分の色がなくなってしまう」

それはまるでパレットの上で語られる物語だった。言葉は少なく、登場する色には表情も描かれていない。だからこそ、自分と重ねて想像をふくらませることができる。

「お互いの色をしっかり観察したり、混ざり方を考えてから寄り添わないと、うまくいかない。……今の俺は、ちゃんと彼女の色がわかってないのかもしれないし、そもそも自分がどんな色なのか、ちゃんとわかっていない気もする」

この絵本は、人間関係を美しく抽象化しているな、と印象に残っていた一冊だ。同じ色を持っている丸なんてひとつもない。似ている色の丸でもよく見ると違う。だから、混ざり合ったらお互いの色に変化が起こるのは当たり前だし、相手の色を完全にコントロールすることなんてできない。

「俺の場合は、自分も相手も見たことのない色になるのが怖いのかもしれない」

私は新田さんの内省に耳を傾けながら、あの絵本が新田さんの心に染みていっているのだと感じた。絵本は言葉だけでなく、絵で伝えるメッセージが多くある。だからこそ、解釈はその人次第で、見え方も捉え方も変わっていく。自分自身と向き合うためのサポート役としてぴったりなのだ。

「あの絵本、まだ、もうすこし借りていたいかも」

「もちろん」

ちょうどそのタイミングでほかのお客さんが訪れたことで、新田さんとの対話は終わった。重野さんと新田さんがそのあとも何かを話しているのを目の端で捉えていたが、しばらくして新田さんは帰っていった。

一段落したあと、重野さんと二人きりになった。私が気にしているのを察してか、重野さんはコーヒーの片付けをしながら、さりげなくその後の会話について教えてくれた。

「彼女の親御《おやご》さんは幼いころに離婚して、お母さんと二人きりで過ごしてきた家庭なんだって、教えてくれたよ。だから結婚するとしたら、ずっと一緒にいられる家庭を築きたい気持ちが強いんじゃないかって。そういう想像ができる新田さんは優しいね、と応えたら、新田さんもそういう家庭で育ったからわかるんだ、って言ってたよ。新田さんの家は彼女さんと逆で、お母さんが幼いころからいなくて、お父さんと兄弟で暮らしてきたらしい。親には感謝しているけれど、ひとり親だからこその大変さも見てきた、って。……あたたかな家庭を築きたいと願っているのは、もしかしたら、新田さん自身なのかもしれないね」

重野さんの話を聞いて、私は今まで新田さんがなぜあれだけ結婚に対して不安を感じていたのかを知った気がした。自分が結婚するなら、こんな家庭を築きたい。そういう理想が、胸の奥底で大きく育っているからこそ、プレッシャーがあるのかもしれない。

「二人の間で、いい答えが見つかるといいいな」

棚に置かれたハロウィンの飾りを見つめながら、つぶやいた。

7

ハロウィン当日。秋晴れの夜の空気に誘われるように、私たちはいつもより人通りの多い場所でＡＳＨＩを開いた。ここは、美月と一緒にかぼちゃのスープを楽しんだ場所からもそれほど遠くない。繁華街から一区画外れたエリアだ。道ゆく人の中には、仮装をしている人もいる。きっと今夜は、いろんなところでパーティーが開かれているのだろう。

そんな沸き立つ夜の空気の中、手をつないでＡＳＨＩに向かってくる人影が見えた。二人の顔を確認して、私は重野さんの背を叩いて報せる。新田さんと、その彼女さんだ。

『二人は仲直りできたんだ』という安心感が胸いっぱいに広がるなか、なんて声をかけようかと悩んでいるうちに、彼女さんのほうが深々と頭を下げた。

「壮亮《そうすけ》から話は聞いてます！　ほんとに、ほんとにお世話になりました」

「え、そんな！　こちらこそ、いつも来てくれて嬉しいです」

私はあわてながら、彼女さんにつられて頭を下げた。彼女さんは頭を上げたあと、自然な流れで自己紹介を続けた。

「私、長谷川萌《はせがわもえ》って言います。もう話はいっぱい聞いてるだろうけど、壮亮の彼女です」

「萌さん、はじめまして、ＡＳＨＩを運営している、葦田りんです」

本当はレストランで同じ空間にいたのだが、それを今さら伝えるのも変だろう。初めてということにしておいた。

「ようやく萌といろいろ話せて、絵本を返しにきました。今回は長く借りちゃったな」

新田さんはバッグから絵本を出す。

「ねえ、りんさん、この絵本の話、聞いてくれます？」

萌さんがいたずらっぽく笑ってそう言うので、私は「教えてください」と言いながら、二人を椅子に案内した。

新田さんに譲ってもらった丸椅子があるおかげで、こうして二人で来てくれたお客さんにも対応しやすい。そのことを萌さんに伝えると、萌さんは新田さんの肩を叩いて、「よかったね」と明るく笑った。

一方の新田さんは、萌さんの前だといつもより言葉が少ない。椅子に腰かけ、照れてうつむきながら笑っている。もともと、萌さんのほうがリードする関係性なのかもしれない。

萌さんは椅子に腰を落ち着けたあと、すらすらと流れるように話し始めた。

「最近ぎくしゃくすることが増えて、どうにも壮亮がおかしいと思っていました。しばらく距離を置かないとほんとうにまずいと思って、私は実家に帰ってたんです。荷物とか全部置いてるんだから消えるわけないのに、壮亮が心配しすぎてやたら連絡してくるから、冷静になる時間がうまく取れなくて。それに、『帰ってきて』ばっかりで、ちゃんと話し合う気があるのかわからないから、メッセージを見ると余計にイライラしてきて。これは困ったなぁと思いながら、一度壮亮と住んでいる家に帰ってみたんですよ。そしたら、壮亮はまだ仕事から帰っていなかったんだけれど、リビングのテーブルにこの絵本が置いてあったんです。まるで壮亮の置き手紙みたいに」

萌さんがくすくすと思い出し笑いをすると、新田さんは恥ずかしそうに頭をかく。

「話すきっかけが作りたかったんだよ。いつ帰ってくるかわからなかったから、ずっと置きっぱなしにしてたんだ」

「いいきっかけだったよ。……もともと壮亮が絵本を借りているのは知っていたし、ASHIの話も、絵本の話もよく聞いていました。だから絵本がテーブルの上にあったとき、これは私へのメッセージかも、って直感したんです」

「素敵なメッセージですね」

それが伝わる関係性も、と心の中で私は続ける。萌さんは微笑《ほほえ》み、話を続けた。

「お互いの色が混ざったり、濁ったり。まるで私たちみたいって思いました。この絵本を読んだってことは、壮亮は私たちの問題に向き合えたのかもって想像もできました。だから話し合いができそうだと思って、仕事から帰ってきた壮亮と、ちゃんと二人の時間を取りました。あの夜は、ほんといい話し合いができたよね」

「うん。萌と話して、自分がいろいろ勘違いしていたんだなって、ようやく気づけた」

　重野さんが二人分のコーヒーを手渡す。

「あ、これが壮亮が大好きな重野さんのコーヒーですね！」

　萌さんが顔を明るくして、立ち上る湯気を吸いこむ。

「いい香り」

　香りを褒められると、重野さんは満足そうに笑う。

「ありがとう」

　萌さんはコーヒーに口をつける前に、ひとつ言っておきたい、というように身を乗り出す。

「今までずっと来たかったんですけど、壮亮が一人の時間を楽しむためのスポットなのかなって思ってたから、一緒に来るのは我慢してたんですよ」

「全然、言ってくれたら一緒に来たのに」

新田さんがそう言うのと、萌さんがコーヒーを飲むのがほぼ同時だった。萌さんが「おいしい！」と喜ぶ顔を見て、重野さんと私は顔をほころばせる。

そして、コーヒーを見つめながら、萌さんは何かに気づいたような表情をした。

「私たちって、そうやってお互い想像しすぎだったのかもしれないよね。ASHIに来るかどうかひとつ取っても、私は勝手に『来ないほうがいい』と思っていたから。言葉で確かめあわなくてもわかる関係性だって、信じすぎだったのかな。だから、壮亮から結婚についてどう考えているのか初めて本音をちゃんと聞いたとき、びっくりしちゃった。だって、私のこと全然わかってないし、私に自分の考えてること、重ねすぎなんだもん」

「ごめん」

萌さんの言葉をさえぎるように新田さんは謝ったが、萌さんが口をつぐむと、いいよ続けて、とアイコンタクトを送った。

「私、本当に、全然結婚することにこだわりなんてありませんでした。だから、なんで壮亮がやたらつっかかってくるのか、不思議でしょうがなかったんです。私が何気なく話している雑談でも、すぐに結婚のほうに結びつけてしまうから。でも、話し合ってようやく気づけました。ほんとうは壮亮のほうが、ずっと結婚について意識しているんだなって」

相手がまるで自分と同じ色のように見えてしまう。いつの間にか、自分が考えていることを相手が考えているように勘違いしてしまう。相手のことをわかっていると強く信じているからこそ、その勘違いに気づけない。新田さんの中では、そんな悪循環が生まれていたのかもしれない。私が今まで新田さんの話を聞いていて感じていた違和感はこれだったのか、と萌さんの話を聞いて初めてわかっていく。新田さんは、萌さんの感情を代弁しているようで、自分の話をしていたんだ。

「時間をかけて話し合ったら、壮亮のほうがよっぽど家庭とか家族とかの理想像があるんだってことがわかりました。でも、今の私と壮亮では、理想の家庭を作るのは難しい。だって、お互いやりたいこともあるし、一人の時間も大切にしたい」

そこで萌さんは一息ついて、コーヒーを口に運んだ。新田さんは、バトンを受け取ったように、続きを話し始める。

「そこについての話し合いは、まだ進行中です。でも、あまり理想にこだわりすぎなくてもいいのかなってことだけは、だんだんわかってきました」

「私たちが、私たちなりの家庭を築けたらいいし、それこそ今のままでもいいんだよ」

お互い視線を合わせて、頷く姿を見て、私はホッと胸をなでおろした。二人はもう、きっと大丈夫。

かわいらしい仮装をした子どもたちが、ASHIに近寄ってくる。

「トリックオアトリート！」

そう叫ばれて、座っていた私たちは顔を見合わせて、「あ、お菓子……」と焦る。

すると、萌さんが肩にかけていたカバンから飴玉を取り出し、子どもたちに配った。

子どもたちはそれを首から下げた缶の中に入れて、また別の場所に走っていく。

「ありがとうございます。そうか……ハロウィンならお菓子を用意しておけばよかったな」

私が反省していると、萌さんは私たちにも飴玉を渡しながら笑った。

「いいじゃないですか、ＡＳＨＩは移動図書室なんだから、コーヒーと絵本で十分ですよ。……私、ＡＳＨＩの話を壮亮から聞いたとき、はじめは全然ピンときませんでした。絵本を貸し出して、移動するトラック？　そこに何度も行きたくなる？　どうして？　って。でも、今日初めてここに座って話してみて、こういう場所があるのってすごく素敵だなって思いました。私も絵本を一冊、借りていきたいです」

「今度から、一緒に来る？」

「うん！」

「常連さんが増えたね」

重野さんの一声に笑顔で頷きながら、私は本棚に向き合う。二人の新しいスタートを応援できるような一冊は、どれだろう。

ここに訪れるたくさんの人が、私に気づきを与えてくれる。そのたびに、絵本たちはささやきかけてくれる。読み方はひとつじゃない。絵本のページを開く人によって、伝わるメッセージは違うんだ、と。

もしもここに絵本がなかったら、私はこんな豊かな経験はできていなかったんだ。

そう思うと、ここにある絵本の本来の持ち主である、両親の顔が浮かんだ。

8

「珍しいじゃん、りんから電話してくるなんて。どうした」

かぼちゃのスープの日以来の、美月の声をスマホ越しに受け取る。部屋の空気が冷えていて、私はスマホを耳につけたまま布団を頭からかぶる。休日、何度もスマホの連絡先を開いては閉じてを繰り返した末に、私は美月に電話していた。

「あ、あのさ。……そういえば、お店でケンカしてたカップル、仲直りしたよ」

「おお、まじか！　あれはもう無理そうだなと思ってた。移動図書室がきっかけで？」

「二人が仲直りできたのは私たちの力ではないけれど、絵本は貸したよ」

「すごいね、お手柄じゃん。……で、本題は？」

私はベッドに座り直して、頭からかぶった布団のなかでもぞもぞと動く。

「あの、美月が言ってた、私の親のことだけど」

「はいはい、言ったね」

「確かに、連絡したほうがいいなって思って」

「うん」

「連絡しようと思って頑張ったんだけど、何話せばいいのかわかんなくて」

「えー。元気？　とか、最近どう？　とかでいいんじゃない？」

「そんな軽いやりとりできる間柄ではないんだよ……もう何年も声すら聞いてないし」

「じゃあ重たい話がしたいの？」

「いや……」

頭の中で、いろんな感情や過去の思い出が巡っていく。幼い頃から親に気を遣って育ってきたこと、怒られたことがきっかけで本が嫌いになったこと。父親の厳しさも、母親の真面目さも、苦手だったこと。でも、それらが正しいこともわかっているから、何も反論できなかったこと……。とにかく居心地が悪かったこと。

両親と距離を置けば、それらはなかったことにできる気がしていた。でも、一人暮らしを始めても、結局私は何かにつけて両親のことを思い出して、自分の性格を作ったのはあの両親だ、と考えてきた気がする。

ＡＳＨＩでさまざまな人たちの考えに触れて、私もまた、偏《かたよ》った考え方をしているところがあったのだ、と気がつく。それこそ私も、新田さんのように、自分の中で感じたことや考えたことを、まるで親が考えていることのように、置き換えていたかもしれない。

本人に訊かないとわからない。

だから話す必要があると思った。

「うん、重たい話がしたいのかも」

私は長い沈黙を経て、答えた。

「じゃあ、ちゃんとそれを伝えて、話したいことがあります、お時間くださいって言うのが自然なのかな。私はりんと両親の距離感がどれだけ遠いのかわからないけど、話したいことがあるって言われたら、ふつうに予定空《あ》けてくれると思うよ」

美月のアドバイスを噛《か》みしめるように何度も頷いたあと、両親との関係性を考える頻度が多くなったのは、ＡＳＨＩがあったからだということも付け加える。

「ＡＳＨＩの活動報告もしなきゃ。絵本を貸してもらって、もう一年くらい経つから。ありがとうって、伝えたい」

「でもさ、無理はしなくていいんだよ。一応ね、伝えておきたくて」

美月の声が耳をくすぐる。

「今のりんは、めっちゃがんばってるじゃん。仕事以外に、移動図書室の活動もしてさ。すごいよ。それで、今までずっと置いてきた親のことまで抱えたら、パンクしない？」

「……いや、むしろ全然、今までやってこれなかったから」

「はいはーい、そういうのなし」

美月の軽い受け流しが、私の心の淀《よど》みを流していく。

「今日は、親に何を話すか決めただけで、大仕事終了！　終わり。ゆっくり風呂でも入ってきなよ」

目頭が熱くなるのを感じた。

私はＡＳＨＩの活動を通じて、いろんな人が笑顔になっていく姿を見てきた。その過程で、絵本からいろんな気づきを得たと教えてくれる人たちのおかげで、自分自身が変わるきっかけも、たくさんもらえている。

だから自分も変わっていきたい、むしろ変わらなきゃ、と焦っていた。絵本を紹介する立場にある自分自身が、問題と向き合わないまま、放置しているのがもどかしくて。

でも、今までの人生と比べたら、ずいぶん全力疾走をしてきた一年間だったのかもしれない。新しい活動を始めて、いろんな人と話して。それだけでも、息切れするくらい、頑張ってきた。

「しばらく考える時間を取ろうかな」

「うん、もうすぐ年末なんだから。ゆっくり休もう」

美月との電話を切ったあと、部屋の静寂とひんやりした空気が私の中に流れ込んでくる。季節はもうすぐ、冬だ。

第3話のまとめ

「投影」のフィルタを取り払う

「投影」とは、「受け入れがたい自分自身の感情や思考を、相手のものだと思い込む」ことです。いわば自分の〝影〟を相手に映すようなイメージです。投影は心のバランスを保つために備わった防衛機制のひとつでもあります。

例えば、自分自身が仕事仲間に苦手意識を持っていたとします。そのとき、自分の気持ちを相手に投影し、「相手が自分を嫌っている」と何の疑いもなく思い込んでしまうのが「投影」です。当事者は「相手が自分を嫌っている」と思い込むことで、自分自身が他人を嫌っているという醜い感情から目をそらし、堂々と相手から離れることができます。自分では本当の気持ちに気づけなくても、周りから見ていると明らかなこともあり、ときにその無自覚さが対人トラブルのきっかけになることもあります。

これと同じように、自分自身の願望を相手の願望と思い込むことや、自分自身が好意を寄せている相手が自分のことを好いているはずだと思い込むことも、「投影」の一種です。

日常生活のさまざまな場面で人は「投影」をするもので、ちいさな程度のことであればそう問題にはなりません。

しかし、それが過度になってくると、相手の評価を不当に捻《ね》じ曲げてしまうことにつながります。先ほどの嫌いという感情を例に挙げるなら、ほんとうはまったく嫌いという感情をもっていない人に対して、「あなたは私のことを嫌っているんでしょう」と決めつけてかかってしまうかもしれません。

「投影」に自ら気づくのは容易なことではありませんが、周囲とのコミュニケーションでうまくいっていないときや、相手の考えを自分で決めつけているかもしれないことに気づいたときは、「ほんとうに？」と問い、それが自分の考えではないか、客観的に物事を捉えるようにしてみましょう。何より、相手と直接確かめ合うことが解決につながるかもしれません。また、思い込みの奥にある自分自身の感情や、目を背《そむ》けたいことなどに気づくことも大切です。

第4話

クリスマスのマーダー・ミステリー

1

クリスマスが近くなってきたことは、夜の街並みが教えてくれる。住宅街からアクセスがよい場所にあるスーパーマーケット前の駐車場も、その日の夜から木々に暖色の光が灯《とも》った。入口の自動ドア付近にはツリーが飾られている。

冬になってしばらくは、このスーパーマーケットの駐車場の一角にASHIを開いている。公園や川沿いと比べて、風が吹き抜けないぶん肌で感じる寒さが少ない。

ここには他のキッチンカーも不定期で店を開くし、買い物帰りに足を止めてくれる人も多いので、いつもよりも絵本の貸し出しが多い。

今晩は隣でクリスマスキャンドルを販売するトラックが営業している。サンプルで灯されたキャンドルの優しい色合いと火のゆらめきを横目で見て、たびたび癒《いや》されていた。

「あの、もしよかったら、ひとついかがですか。これも何かのご縁ですし」

目が合った店主から、商品であるクリスマスキャンドルを手渡される。

「あの、ごめんなさい、つい綺麗で見惚《みと》れてしまって。こちらからは絵本を貸し出すことしかできないんですが……」

「いえいえ、お返しは気にしないでください。移動図書室、素敵な活動ですね。さっきお客さんと話しているの、聞こえてきました。応援してます」

「ありがとうございます」

そんな会話を交わして、胸の奥があたたかくなる。

おすすめの本棚には、クリスマスを題材にした絵本を並べていた。冬の良さが際立つ作品は多い。サンタクロース、トナカイ、冬の生きものたち、雪だるま。出てくるキャラクターも味わい豊かで、物語はしあわせなあたたかいものが多い。どれもこれも読んでほしい。

「絵本っていいですね。これをきっかけに、自分でも買ってみようと思いました」

お客さんの中には、絵本を返しがてら、そんな感想を伝えてくれた人もいた。

「そう言ってもらえて、嬉しいです。書店でも素敵な一冊に出会えますように」

プレゼントを渡しているわけではないけれど、まるでちょっとしたサンタクロースになれたような気分になって、私ははなをすすりながら頰《ほお》を緩ませる。

「りんちゃん、寒くない？　今日はそろそろおしまいにしようか」

人の波が落ち着いたタイミングで、重野さんがコーヒーを手渡してくれる。

「そうですね、風邪ひかないように、無理は禁物ですもんね」

「ずっと外にいると、冷えるから」

重野さんはそう言いながら、ランタンを消す。ＡＳＨＩを包んでいた光が消えたので、お客さんはもう来ないだろう。

私は椅子に座り、手渡されたコーヒーのぬくもりを両手で包み込んだ。ふう、と吹いて一口飲むと、重野さんの優しさがコーヒーの香りにとけて、体に染みわたる。

一息をつくと、最近ずっと自分の心の中で熟成させてきた考えごとが浮かび上がってくる。重野さんにも、そろそろ伝える頃だと思っていた。

「重野さん」

私が改めて呼ぶと、重野さんは片付けの手を止めて正面の椅子に座った。私はしばらくコーヒーに視線を落としていたが、ようやく重野さんと目を合わせて、話し始める。

「気がついたら約一年間、ＡＳＨＩの活動を続けられました。最初は全然乗り気じゃなかったけれど、やっていくうちに楽しくなっていきました。絵本の紹介を通じていろんな人の心のうちを聞かせてもらって、自分自身もたくさん学ぶことがありました。それで改めて、この絵本という宝物を提供してくれた親に感謝の気持ちを、伝えたいなっていう想いが強くなってきました」

重野さんは何度も頷きながら、私の話を聞いてくれている。

「たくさんの絵本と、人と向き合ってきた今の自分なら、両親と目を合わせて、話し合える気がします。だから年末年始の休み中は、両親に会いに実家に帰ります。久しぶりだから緊張するし、どう受け入れられるか不安だけど、自分がずっと考えてきたことを、まっすぐ伝えられたらいいな、と」

「うん。きっといい時間になるよ」

私はもうひとつ、重野さんに対して伝えたいことがあった。しばらく言葉を選ぶ時間を置いてから、私は言葉を続ける。

「重野さんにも、ほんとうに感謝しています。それで……もし叶うなら、これからもASHIの活動を続けたいと思っているんです。ただ、重野さんにとってこの活動は、コーヒースタンドの夢を叶えるための準備期間でしたよね。だから、どんな形で続けていくのがいいのかも、これから相談していきたいな、って」

私は活動をやめたくない。それを重野さんがどう受け止めるか、心配だった。しかし、重野さんは優しく笑って、大きく頷いた。

「もちろん。ゆっくり相談していこう」

重野さんの短い言葉にこめられたぬくもりを感じて、私は肩の力を抜いた。

「あの」

私はずっと自分の考えに集中して話してしまっていたので、呼びかけられたことで初めて人が来ていることに気づき、ハッとして声のほうを見る。

そこには四十代くらいの女性が立っていた。マフラーで表情の下半分が隠れているからか、申し訳なさそうに下げた眉《まゆ》が強調されている。

「もう、今日って終わっちゃいましたか」

その背後には、小さな女の子がいて、すでに本棚に置かれた絵本を手に取っていた。

「あ……だ、大丈夫です。見ていってください」

私は急いで立ち上がり、ランタンの灯《ひ》を再びつける。周囲がパッと明るくなると、小さな女の子はその光に呼応するように絵本を開いて椅子に座った。

「私たち、移動図書室という形で活動をしています。もしお子さんが気になる絵本があったら、貸出カードを作りますので、ぜひ……」

簡単な説明が書かれた看板を示しながらＡＳＨＩの概要を話していると、それをさえぎるように女性が話し始めた。

「あの、じつは知っています。ＡＳＨＩの評判を別のところで聞いたので。最近はここで開いているという情報を知って、来ました」

私が目をぱちくりさせると、女性は続ける。

「じつは、相談がありまして。子どもが『ふつう』のしあわせを感じられるような絵本を、探しています」

「……『ふつう』の、しあわせ……ですか」

言葉を繰り返す私に、真剣な女性の目の光が刺さった。

❷

「相談したいのは、この子のことじゃなくて、この子のお兄ちゃんのことです」

椅子に座って話し始めた女性は、真壁葉子《まかべようこ》と名乗った。ここから二駅ほど離れたところに位置するマンションに、旦那さんと小学五年生の息子、小学一年生の娘の四人で暮らしているという。今日は旦那さんがリモートワークの日で、夕飯の準備と息子の面倒を見るのは任せられる。そこで習いごと帰りの娘を迎えに行った帰りの道すがら、二人でここに来てくれたということだった。

「この子……妹の楓《かえで》はこの通り、なんでも関心を持つんです。小学校でもすぐ友だちを作って、勉強も楽しいみたい。習いごとで始めたピアノも飲みこみが早いって先生から褒められてます」

目を細めながら、葉子さんは絵本に夢中になっている楓ちゃんを見守る。重野さんがコーヒーを渡すと、「いただきます」と丁寧に頭を下げた。しかしコーヒーには口をつけず、次の言葉を話し始めるときには、すこし表情が曇っていた。

「問題は、お兄ちゃんの悠斗《ゆうと》です。昔からあまりしゃべらない子で、何が好きなのか、何に興味があるのかがよくわかりませんでした。幼い頃はあまりに静かなので、発達が遅いのかなって心配したくらいです。小学校に入ってからも、勉強も運動もこれといって得意なものがないし、塾や習いごとについて提案しても本人がまったく関心を示さないので、今のところ何も始めていません。かといって、ゲームが好きというわけでもないんですよね。ゲームを通じて友だちの輪が広がることもあるから、ゲーム機は買い与えておいたほうが子どもが孤立しなくていいという意見をネットで見たこともあるんですけど、うちの場合は本人が欲しがらなくて。変わってますよね。一緒に遊ぶ友だちがいないのが原因かと思って心配しているんですけど、かといってクラスでいじめられたり、仲間外れにされていたりするわけでもないみたいなんです。あくまで本人が誰とも関わらないから浮いてしまっているんです」

とめどなく話し続ける葉子さんは、早口になり続ける。私は懸命に傾聴し続けていたが、重野さんがひとつ咳払《せきばら》いをして葉子さんの言葉を切る。

「悠斗くんは、おうちにいるとき、どんなことをしているんですか?」

重野さんの話し方はとてもゆったりしているので、早口になっていた葉子さんも、すこしペースを取り戻したようだ。

「よくわかりませんが、最近は家族兼用のタブレットでYouTubeをやたら見ようとします。あまり動画を見続けるのもよくないと思って、制限をかけました」

重野さんは「なるほど」と頷き、また葉子さんに話のバトンを返すように視線を送った。一度ゆっくり深呼吸して、と伝えたかったのだろう。葉子さんはようやく、コーヒーを一口飲んだ。

「子どもの育ち方はそれぞれだということは、悠斗について不安になるたびに色々な人からアドバイスとして聞かされていましたし、楓が生まれてから自分自身も感じています。旦那も私が教育熱心すぎるって呆《あき》れていて。でも私は、別に天才に育ってほしいわけでも、何か特別なことを求めているわけでもありません。ただ、このまま放置しておいたら、悠斗は誰とも関係性を築けず、好きなことも見つけられず、『ふつう』の人生を送れなくなるかもしれないんです。それだけは避けたい。だから親として今できることは何だろうって、ずっと悩んでいました。そんなとき、偶然ある動画を見まして」

葉子さんはスマホを取り出し、私に画面を見せた。

「優芽《ゆめ》ちゃん」

私は思わず画面上の彼女の名前を口ずさんでしまう。前よりも種類が豊富になったビーズが並んでいる棚の前で、優芽ちゃんが何かを楽しそうに話している動画だった。

「ビーズクリエイターとして最近活躍しているＹＵＭＥさん、ですよね。ママ友の間で話題になって知ってから、作品がかわいいなと思ってチェックしていたんです。この動画はいつもの作品紹介動画ではなく、自分がビーズクリエイターとして活動しはじめた経緯について話しているもので、その途中、ＡＳＨＩの話が出てきました。移動図書室との偶然の出会いと、そこで貸し出してもらった絵本が、自分の人生を見直すきっかけになったって彼女は語っています。これはもしかすると悠斗も……とひらめきました。悠斗は今でこそ本に興味を示さないけれど、幼い頃は自分で絵本を読んでいたことがあったんです。だから、悠斗が何か楽しいことを見つけられるきっかけになる絵本を、一冊貸していただきたくて」

私はここで、つい眉間《みけん》にしわを寄せてしまった。これは初めてのパターンだ。

今までここに足を運んでくれた本人に話を聞いていく中で、導かれるように一冊の本を手渡すことができた。それに、目的を明確に定めて絵本を渡すというよりも、本人が自分と向き合う時間を取るための手段として絵本を届けたいという想いが強い。

「あの、もしよかったら、今日はひとまず悠斗くんではなく葉子さんに、絵本をおすすめしたいのですが……」

私がようやく導き出した答えに、今度は葉子さんが顔をしかめる。

「私が読むための絵本、ということですか？　それは結構です。正直絵本なんてゆっくり読む時間ありませんし、今日は悠斗のために来たので」

きっぱり断られてしまって、ぐ、と言葉がのどに詰まる。しかし、ここはしっかり説明しなければと、姿勢を正す。

「ASHIでは来てくれた人との対話をもとに、絵本を紹介しています。だから今回の相談ですと、悠斗くん本人と話してみないことには、おすすめの一冊を選ぶことは難しいんです。それに本人が絵本を望んでいるかどうか、まだわかりません」

葉子さんは明らかに不満そうな表情を浮かべる。空気が重くなったタイミングで、楓ちゃんが葉子さんのジャケットの袖《そで》を引っ張った。

彼女は一冊、絵本をぎゅっと抱いている。おすすめの棚に並べていた、サンタクロースが表紙の絵本だ。

「それ、気に入ったの？」

葉子さんが頬《ほお》を緩ませて問いかけると、楓ちゃんはこくんと頷く。

「じゃあ、今回はこれを借りていきます」

私は絵本を受け取り、貸出カードの準備をした。これ以上、悠斗くんについて触れないほうがいいだろうと考え、絵本の返却についての説明だけを済ませると、葉子さんは帰り際、振り返って言った。

「絵本を返しに来るときに悠斗も連れてこられたら、連れてきます。無理だったら、先ほどの相談はあきらめます」

手をつないで帰っていく親子の背中を見送ったあと、重野さんは改めてランタンを消し、葉子さんが座っていた椅子を片付けた。

「おつかれさま。大変だったね」

全然、と首を横に振るが、重野さんは心配そうに続ける。

「実家に帰ることを決めた矢先に重たい相談を受けてしまったかも、と思ってね」

確かに、両親と向き合う時間をつくりたい、活動の先々のことを考えたいと思っている今の私は、誰かの重い相談を受け止められるほど心に余裕がないかもしれない。次に葉子さんがいつ来てくれるのか、悠斗くんが一緒に来てくれるかもわからないいま、年末に向けて日が経っていくのはすこし気が重い。

何より、その間は自分のことよりも葉子さんや悠斗くんのことを考えてしまいそうだ。重野さんもそれを心配しているのだろう。

「無理していないかい？」

「ＡＳＨＩの活動がストレスというわけではないので、大丈夫です。それに葉子さんの話を聞いていて、親子関係について親の視点で悩みを聞けるのは、今の私にとってもいい機会かも、と思いました。だって、話に出てきた悠斗くん、昔の私にそっくりだから」

無口で不愛想で、好きなものも、人より抜きんでてできることもない。小学生の頃は、それで周囲と距離ができていることにすら気づいていなかったので、ほぼ友だちを作らないまま卒業した。中学校以降は美月《みづき》と出会ったし、それなりに人と会話するようになったが、交友関係はかなり狭かった。

だから悠斗くんについて母親である葉子さんがあれこれ悩んでいるのを聞いていて、自分もそんな心配を両親にかけていたのだろうか、と心の片隅で想像していた。

「りんちゃんは、確かに寡黙な子だったね」

重野さんは昔の思い出を心のなかで辿《たど》っているようだ。なつかしそうに目を細める。

「かなり昔から、重野さんはうちの書店に足を運んでくれていたんですよね」

書店と距離を置いていたから、お客さんとしての重野さんの記憶はほとんど残っていない。けれど仕事に熱中している父が、珍しく家の夕飯に招待するくらい重野さんのことを慕《した》っていたから、何度も顔を合わせる機会はあった。家族旅行でどこそこに行ったとお土産を買ってきてくれたり、読書にぴったりなコーヒーの豆を見つけたと父に報告したり。父は重野さんと話すときだけ、楽しそうにしていたのを覚えている。

「そうだね。葦田書店で取り扱う本は大型書店と一味違うものが多くて、こだわりを感じていたから、つい通っちゃってね。それにりんちゃんのお父さんは、僕にとって尊敬する人だよ。とにかく本が大好きで、その探求心を大切にして生きている人だからね」

「そう、ですよね」

もっと素直に、父のいいところを受け入れられたらいいのに。煮え切らない肯定しかできない自分を、すこし恥ずかしく思う。

「さ、今日はもう片付けよう。体も冷えてきた」

重野さんは肩を震わせて、片付けの続きを始める。私もそれを手伝いながら、吐く息が白くなっているのを確かめた。

3

葉子さんが再びＡＳＨＩを訪れたのは、それから数日経った晴天の週末のことだ。同じくスーパーマーケットの前で、昼から夕方まで活動することにしていた。太陽の光があるうちは、気温もそこまで下がらない。

複数の家族連れが絵本に興味を示してくれているなか、葉子さん一家も駐車場から歩み寄ってきてくれた。四人の姿を目に捉えたが、旦那さんと楓ちゃんは途中でスーパーマーケットのほうへと進路を変える。ＡＳＨＩのほうに歩いてきたのは、葉子さんと悠斗くんだった。

悠斗くんはニット帽を深めにかぶって、顔があまり見えない。その雰囲気だけで、あまり乗り気ではないことが伝わってきた。

「こんにちは。絵本、返しにきました。夜に読み聞かせて、楓も喜んでました」

先日楓ちゃんが選んだサンタクロースの絵本を、葉子さんは私に手渡す。

「ありがとうございます。……こんにちは」

私は悠斗くんに視線を合わせ、あいさつする。悠斗くんはちらりと私を見上げて、首の動きだけであいさつを返す。

「この子がお兄ちゃん、悠斗です」

葉子さんが背中を押すが、それを拒否するように悠斗くんの体には力が入る。

「今日はお子さんも多いから、ホットミルクも準備しているけど、飲む？」

重野さんも悠斗くんに声をかけるが、悠斗くんは首を横に振った。重野さんは優しく頷いて、葉子さんに視線を移す。

「もしこの前のコーヒーを気に入っていただけていたら、今日も一杯、いかがですか」

葉子さんはずっと悠斗くんの背中に手を置いたままだったが、重野さんに案内されることで、自然と悠斗くんから離れる形になった。

重野さんが、母子それぞれ対応したほうがいいだろうと考えていることが伝わってくる。葉子さんも多少はそれを想像してくれたのかもしれない。

私と悠斗くんは、絵本の棚の前で二人きりになった。

「絵本、興味ある？」

私が問いかけると、悠斗くんはホットミルクのときよりもさらに大きく、首を横に振った。

「だよね」

私がすんなり認めると、悠斗くんはちらりとこちらを見て、小さな声で話した。

「今日来ないと、ＹｏｕＴｕｂｅもう見せないって脅された」

「それで来たんだ。なるほどね」

葉子さんも無茶するなぁ、と私は苦笑する。

「ふだんＹｏｕＴｕｂｅで何見てるの？」

「……言っても知らない」

「確かに知らないだろうな。新しいものとか流行《はや》っているものとか、全部わからないから。でも説明してもらえば、知らなくても理解はできるかも」

あまり二人きりで対話している感じにならないよう、私はおすすめの絵本の棚に向かってそれとなく手を動かしながら話す。視線も絵本に落としたままにして、耳だけを悠斗くんに向ける形だ。そのほうが悠斗くんも話しやすいだろう、と想像した。

しばらくして、悠斗くんはぼそりと聞き慣れない言葉をつぶやいた。

「マーダー・ミステリー」

「ごめん、やっぱり知らないや。説明してもらってもいいかな」

「めんどくさい」

「好きなものなのに、説明するのめんどくさいの？」

わずかな沈黙で、表情を見なくても悠斗くんの気配が揺らいだのを感じた。ちょっとつっこみすぎたかな、と反省していると、悠斗くんはまるで聞いてもらうことなどはなから期待していないというように、聞きづらい早口で説明した。

「ミステリー小説みたいなシナリオに沿って、会話のゲームをするんだよ。犯人役とそうじゃない役の人で役割分担して、誰が犯人か会話しながら考えるんだ。それぞれ自分しか知らない情報を持っていて、会話で情報を組み合わせていくと犯人が絞れていく。逆に犯人は自分が犯人だってばれないようにうまく嘘をついて紛《まぎ》れるんだ。真理にたどりつけるか、犯人が逃げきるか。それによってエンディングも分岐する。そういうゲーム。ＹｏｕＴｕｂｅで配信者の人たちが集まってやってるから、それを見てる」

しばらく私は情報を整理して、「面白いね」と純粋な感想を漏らした。それは社交辞令ではなく、ほんとうにそう思ったから言ったことだ。

「もしも本だったら結末は決まっているし、読者はあくまで神様の視点でしか物語を読めないけど、その、マーダー・ミステリーだったら自分が登場人物になれて、結末は参加者次第になる……ってことだよね。合ってるかな」

「そう！」

初めて悠斗くんが明るい声を出して、私はようやく悠斗くんに視線を合わせることができた。

「シナリオさえあれば、ゲーム機なんてなくたって楽しめるんだよ。それに参加者が変わると同じシナリオでも全然印象が変わるんだ。僕が好きな配信者は、どんな難しい謎でもすぐ解いちゃうんだ、かっこいい」

話し出すと止まらなくなるのは葉子さん譲りなのかも、と私は目を細める。頬を赤くしながらマーダー・ミステリーの魅力を語っていた悠斗くんは、私の表情を見て、しまった、というように口をつぐみ、ぼそりと付け加えた。

「……参加者が集まらないから、自分ではできないけど」

大学生の頃、ゼミの同期に誘われて、一度だけ人狼《じんろう》ゲームに参加したことがある。人数がいないと楽しくないからと、数合わせのために声をかけられたのだろう。

ルールがよくわからないまま参加した私は、なんとなくその場の雰囲気に合わせてやり過ごしたが、主催者は「ようやくできた」と喜んでいた。しばらくして、その人が新たに人狼ゲームサークルを立ち上げたと噂で聞いたのも覚えている。

人数が集まらないと成立しない趣味は、楽しむまでの準備が大変なのだろう。同年代に浸透していないものだと、なおさらだ。

悠斗くんがなかなか周囲となじめない理由が、なんとなくわかってきた。

「クラスの人たちは、マーダー・ミステリーを知らないんだよね」

「みんなわかりやすいゲームが好きだからね。ちょっとだけ話してみたこともあるけど、ぜんぜん伝わらなかった。だから僕は配信を見るだけでいい」

悠斗くんは吐き捨てるように言って、ぷい、と顔をそむけた。その視線の先には、葉子さんがいる。葉子さんは葉子さんで、コーヒーを飲みながら重野さんと何か話しこんでいるようだった。

「お母さんには、話したの？」

「だめだめ、お母さんは絶対にわかんない」

ゼッタイという言葉に力をこめて、悠斗くんは馬鹿にしたような表情を浮かべる。

「夜九時までに寝ろ、朝ごはんは全部食べろ、動画の見過ぎはダメ、勉強しろ、友だちつくれ……お母さんは僕のことなんてどうでもいい、『ふつう』の人間製造機だよ」

葉子さんと悠斗くんの間にある距離感を、私はもどかしく思う。互いにもっと言葉を交わして打ち解けることができたら、その関係性が変わるだろうか。

「あの……悠斗くん、ひとつ提案してもいい？」

私は悠斗くんに内緒話を打ち明けるように、ある作戦を伝える。

重野さんと対話していた葉子さんのほうに、私と悠斗くんが近づいていくと、葉子さんは期待に満ちあふれた表情で私たちを見つめる。悠斗くんが一冊の絵本を持っているることに気づき、前のめりになるように問いかけた。

「それ、気になった絵本なの？」

「いや、これ、お母さんに、読んでほしい」

視線を合わせず、悠斗くんはその絵本を葉子さんに手渡す。葉子さんは不思議そうに首をかしげる。

「この絵本を読んでくれたら、僕が好きなこと、教えてもいいよ」

葉子さんは困惑した表情で絵本を手に取りながら、私に対して怒ったような声をかける。

「でも、今日は悠斗のために……」

「悠斗くんのためになるので、ぜひ」

私は言葉をかぶせて、葉子さんを見つめる。真剣さが伝わったのか、葉子さんはしぶしぶ絵本をエコバッグの中に入れて、貸出カードを引き出した。

「……これ、読んで何の意味があるんですか……大人が絵本って……」

悠斗くんに聞こえないよう、葉子さんは私にひそひそ声で話しかけてくる。言葉には小さな棘《とげ》が生えていた。

「たとえ大人でも、絵本はいいきっかけをくれると思います。確かに『ふつう』の大人は絵本を読む機会が日々の中にないかもしれないけれど、だからこそ、ＡＳＨＩに来たことで出会えた一冊だと思って、楽しんでいただけたら嬉しいです」

私の言葉を聞いて、葉子さんはため息をつきながら頷いた。

「子どもたちが寝たあとにでも、読んでみます」

しばらくしてから、買い物袋を持った旦那さんに手を引かれた楓ちゃんがやってきて、四人は合流した。帰り際、悠斗くんはちらりと不安そうにこちらを振り返る。

私は「大丈夫」と口の動きだけで伝えた。

4

それからしばらく、天候が優れないこともあってＡＳＨＩの活動をお休みした。仕事帰りの混みあった電車の中、窓の外に広がる冬の曇天とモノクロームなビル群を眺めながら、重野さんと話したことを思い返す。

葉子さんは、重野さんに親心のままならなさについてこぼしていたらしい。

子どもにはしあわせになってほしい。だからできるかぎりのことをしたい。それなのに子どもが自分に何も求めていないと感じると焦りが増す。わかりやすい『子ども』であってほしいし、もっと理解したい。なのに、距離はどんどん離れるばかり。

葉子さんの中では、たくさんのもどかしさが渦巻いていた。

重野さんは、自分の子育てについて振り返りながら、その話に共感したそうだ。

よく家族の話をする重野さんは、私から見たら良い父である。成人してからも子どもたちが定期的に実家に帰ってくるというのが、その証《あかし》だ。しかし、本人は決してそうではなかったと感じているらしい。

子どもが幼い頃は、思うように子育てを手伝うことができなかったし、小学校教諭という職業柄、時間度外視で仕事に打ち込む時代もあったそうだ。

子どもたちに向き合っているぶん、子どもへの理解度は高いと自負しているのに、いざ自分の子どものことになるとうまくいかない。そんな悩みを抱えていたこともあるらしい。

「親っていうのはほんとうに勝手なもので、どうしても『こうなってほしい』という気持ちを捨てきれないものだと思うよ。芯にあるのは『しあわせになってほしい』なんだけれど、しあわせの形が人それぞれだということは、忘れがちなんだ」

重野さんが最後につぶやいていたその言葉は、葉子さんに対してだけでなく、私や、私の両親に対しても向けられたものだったかもしれない。

葉子さんと悠斗くん、親子それぞれの想いを聞いたことで、自分と両親の関係性に重なるところもあると感じた。どちらもお互いのことをより深く知ろうとすれば、解決できることかもしれない。

年末年始は、仕事も長期休暇に入る。私はとうとう手に握っていたスマホを立ち上げ、母親に一言メッセージを送信することができた。

——お久しぶりです。今年の年末、帰ってもいいですか。

あんなに悩んだわりに、送ったメッセージは何の飾りっけもない、シンプルなものだった。緊張で体がこわばるが、あっという間に返信が来た。

——もちろん、いつでも大丈夫です。

深く深く息を吐いて、つり革に全体重をかける。なんだ、これだけのことか、と拍子抜けしてしまう。

やっぱり私が気にしすぎだったのかもしれない。

ポジティブに物事を捉えようとすると、それを抑止するように、ネガティブな考えもふくらむ。

いや、どうだろう。ＡＳＨＩの活動を両親がどう考えているか、まだわからない。書店を真剣に経営していた両親から見たら、私の活動なんてままごとみたいに見えるかもしれない。そもそも両親が託してくれたものを貸し出しているのに、『私の活動』なんて言えるんだろうか。

私は小さく首を横に振って、どんどんふくらんでいくネガティブな考えを振り払う。大きな一歩を踏み出したのだから、今日はこれでいい。

葉子さんと悠斗くんの間でも、この期間で何かの変化が起きているのだろうか。電車に揺られながら、私は答えが見えない空を見つめた。

5

いよいよスーパーマーケットはクリスマスに向けて彩《いろど》りを増している。人々が提げている買い物袋の中にも、プレゼントと思われるものや、ごちそうの準備と思われるものがちらほら見え始めていた。

重野さんのコーヒーの香りがただよってくる中、絵本の整理をしていると、小走りで葉子さんがこちらに近づいてきた。

「読みましたよ」

あいさつも飛ばして宣言された第一声に、私は「ありがとうございます」と返しつつ、緊張する。果たして私と悠斗くんのメッセージは、伝わっただろうか。

「確かに、絵本は大人にとってもいいきっかけになりますね」

葉子さんのその言葉を聞いて、私は体の力を抜いた。

あの夜、葉子さんはさっそく持ち帰った絵本を開いたらしい。

貸したのは、あるひとりの子どもが大きな大きな絵を平原に描く物語だ。あまりにも大きい絵だから、周りにいる人たちは何を描いているのかわからない。意味のないことをしていると笑ったり、もっと意味のあることをしたほうがいい、とアドバイスする。

子どもは絵を描くのをあきらめてしまうが、空を飛んでいた鳥だけが応援してくれる。彼が何を描きたいのか、空から見ればわかるからだ。鳥の応援に支えられて、子どもは再び絵を描き始めて、やがて絵を完成させていく。

すると、その全貌が気になって高台を作る人が現われて、だんだんとその絵の評判が伝わり始めるのだ。

「あの絵本を読んで、悠斗も何か大きな絵を描いている最中なのかしらって、私、最初はちょっとワクワクしてしまいました。絵本を読んだから教えて、何が好きなのって訊いたら、マーダー・ミステリーだって。最初、思わず『何それ』ってちょっと笑っちゃいました。そしたら悠斗が、ほらやっぱりお母さんじゃわからないじゃん、って呆れた顔をしたんです。ああ、これじゃダメだって、すぐ気づきました。だから調べました。タブレットの動画閲覧の履歴をかたっぱしから見てね」

葉子さんは目を輝かせながら話を続ける。

「動画の感想を伝えたり、わからなかったことを質問したりしているうちに、悠斗が面白さを解説してくれるようになりました。正直、私には面白さの全部がわかるわけじゃないけれど、ミステリー・ドラマは好きだから部分的には面白さがわかるって伝えましたよ。それでようやく悠斗とちょっとだけつながれた気がして、嬉しくて」

一度そこで葉子さんは言葉を切って、重野さんから手渡されたコーヒーを飲んだ。

「重要だったのは、悠斗が何をするにしても、私がそれを理解しようと努力する姿勢を見せることだったのかもしれませんね」

重野さんと私は頷いて、葉子さんの中で起こった変化を受け止める。

「あの、今日はこの絵本を返すのと、ひとつお願いがあって」

絵本をバッグから取り出しながら、葉子さんは重野さんと私の顔を交互に見つめる。

「今年のクリスマスプレゼントを悠斗に渡したいんですけど、それはどうしても、私だけでは渡せないものなんです」

その口ぶりで、葉子さんが何をしたいのか、重野さんも私もピンときた。悠斗くんが一番喜ぶ時間を贈るのだ。

「協力しますよ。……うまくできるかな」

重野さんがいたずらっぽく笑う。私も両手をこぶしにして掲げた。

「演技も推理もへたくそですけど、精一杯がんばります」

葉子さんはパッと顔を明るくして、数枚のプリントを私たちに渡した。

「マーダー・ミステリーのシナリオって、ネットで販売されているものなんですね。これはまだ発売されたてのもので、悠斗も内容を知りません。私はシナリオを買った者として、ゲームマスター……つまり進行役をやります。ちなみに、これは軽い内容なので、そんなにお時間はとらせません。それから、プレイヤーとしてあとで旦那も来ます。楓はさすがに理解が難しいから、私が面倒を見ながら、絵本を読んで待ってもらおうと思います」

私は説明を受けながら、初めての体験にワクワクしていた。葉子さんはサプライズの仕掛け役として緊張しているようだが、目は相変わらず輝いている。重野さんもメガネの奥で目を細めつつ、自分の役回りを熟読しているようだ。

大人も子どもも、家族もそれ以外も、みんなで一緒に遊ぼう。それはふつうのことじゃないかもしれない。それでも一人のことを想って、みんなでプレゼントを贈りたい。その想いがあれば、ふつうじゃなくたっていいじゃないか。

私はＡＳＨＩの看板に、「本日は貸切運営です！　返却する絵本はこちらへ」と走り書きした紙を貼って、通りがかる人に見えるよう配置した。

しばらくすると、悠斗くんが旦那さんと楓ちゃんと一緒にこちらにやってきた。人数分の椅子を用意して、私たちはメインゲストをお迎えする。

「メリークリスマス。私たちと一緒に、マーダー・ミステリーをやりませんか？」

悠斗くんが目を丸くして、私たちのことを見つめた。葉子さんから手渡されたシナリオに目を落としてようやく状況を理解したのか、太陽のような笑顔で叫んだ。

「やる！」

その表情を見て、葉子さんは目を潤ませた。

「物語はクリスマスイブ、雪の日。ウィンタースポーツを楽しむために山のコテージに泊まっていた人たちの間で、ある事件が起こります……」

葉子さんの語りに、ミステリーの気配が色濃く浮かび上がる。私たちもお互いの表情を見合わせながら、視線で高揚する気持ちを伝えあった。

そこからは、時間を忘れて私たちは推理ゲームを楽しんだ。一人ひとりが話す情報に集中し、表情をうかがう。ゲームという形で誰かとの対話を楽しむ体験は、刺激的だった。悠斗くんの推理力と洞察力には、参加していた大人全員が舌を巻いた。誰かが与えたヒントを見落とさない記憶力と、それを組み立てる論理力。ゲーム中の彼は、まさに名探偵だった。

「あーっもう。恐れ入りました！」

重野さんが悠斗くんの見事な推理ですべてを白状して両手をあげたところで、ようやく私たちは現実世界に戻ってきた。ぱちぱち、と周りから手を叩く音が聞こえて、ハッとして周りを見ると、いつの間にか観客の輪ができていた。

驚く私と同じように、葉子さんも悠斗くんも、周りに気づいていなかったようだ。

二人は拍手に対して恥ずかしそうに小さく頭を下げて、照れ笑いを浮かべている。

拍手をしていた人の中から、一人の男の子が悠斗くんに歩み寄ってくる。悠斗くんは不安そうに「クラスメイト」と漏らして視線を泳がせる。

「ねえ、俺もマーダー・ミステリー好きなんだけど！」

その一言に、悠斗くんは口をぽかんと開ける。

「悠斗すげえじゃん。今度友だち誘って試しに教室でやってみようよ。一人だとなかなか声かけらんなかったけど、あの面白さがわかる仲間がいれば周りにも説明しやすそうだからさ」

小さな二人の間で、また新しい物語が始まる。私と葉子さんは顔を見合わせた。

人だかりがなくなってから、改めて葉子さんと旦那さんは、私と重野さんに深々と頭を下げた。

「すみません、無理なお願いをして。このアイデアを葉子から聞いたときは、移動図書室の方々に迷惑をかける、そんなのふつうあり得ないだろって諭《さと》したんですけど、聞かなくて」

旦那さんの説明に、私たちは首を横に振る。

「とんでもないです。悠斗くんが楽しめる時間を作れてよかったです」

葉子さんは、まだ興奮さめやらぬといった表情を浮かべながら、腰に手を回してくる楓ちゃんの頭を撫でる。

「私だって、こんなのふつうじゃないって、わかってました。でも、悠斗がやりたいことがこれなら、誰かに頼ってでも一回くらいは経験させてあげたいなって考えちゃいました。快諾してくれて、ほんとうにありがとうございました」

「あ、雪！」

楓ちゃんの一声に全員が空を見上げると、ちらほら雪が舞い落ちてくる。先ほどまで没入していた物語の効果もあってか、その雪の白さは一段と美しく見えた。

しばらくクラスメイトと話し込んでいた悠斗くんが、こちらに戻ってくる。その表情からは、今まで感じられなかった活気がみなぎっていた。

「ありがとう、めっちゃ楽しかったです」

悠斗くんは私たちをぐるりと見て、笑みを浮かべる。そして葉子さんの目を見て、もう一度「ありがと」と加えた。葉子さんはその一言を噛みしめるように、目を細める。

私たちは四人の後ろ姿を最後まで手を振って見送った。

木々を彩るイルミネーションが雪の形を浮かび上がらせる中、私と重野さんは絵本や本棚をトラックの中に片付けていく。

「これで今年の活動はおしまい、かな」

重野さんのつぶやきが、白い息と共に夜の空に溶けていく。

「そうですね。いいしめくくりになりました。重野さんも犯人役、おつかれさまでした」

「いやあ、大変だったよ、途中で自白したくなってね。りんちゃんに助けを求めたかったさ」

初めてのマーダー・ミステリーにしてはよくやったね、とお互い笑い合う。

「あーっ、もう片付け始まってるかぁ……」

聞き覚えのある声がして振り返ると、そこには優芽ちゃんが立っていた。大振りなマフラーとコートの下、制服のスカートがちらりと見えている。

「優芽ちゃん！　久しぶりだね」

私はパッと顔を明るくして優芽ちゃんを迎えた。

「学校とかバイトとか忙しくて、ぜんぜん来られなくて」

優芽ちゃんの学生カバンには、ビーズで作られたかわいらしいアクセサリーがいくつもついていた。私がそれを褒めると、優芽ちゃんはあのあとビーズクリエイターとして活動をしていて、もっとたくさんのビーズを購入するためにバイトも始めた、と近況について話してくれた。

「じつはね、今日来てくれていたお母さん、優芽ちゃんの動画を見てＡＳＨＩに興味を持ってくれた人だったんだよ」

「えーっまじですか、嬉しい！」

優芽ちゃんは相変わらず人懐こい笑みを浮かべる。

「一時期はＳＮＳやめようかなって思ってたけど、やっぱり私にとってあそこは居場所であることに変わりはないから、自分の好きなことを発信するならいいかなって、新しくアカウント作ったんですよ。……って、言わなくてもりんさんは知ってますよね」

照れ臭そうに確認されて、私は自分が送ったコメントについて思い出す。

「『あなたは宝石』ってコメント見つけたときは、きゅんきゅんしちゃいました！　絵本のタイトルに合わせてくれて、すぐにりんさんだってわかったから」

「伝わってよかった」

「で、その私の動画を見てくれたお母さんは、いい絵本に出会えましたか？」

私は頷いてから、簡単に葉子さんとの間で起こったあれこれを話した。先ほどまで重野さんと私が人生初のマーダー・ミステリーをしていたと振り返ると、優芽ちゃんは「重野さんの犯人役見たかったたぁ」と笑った。

「大変だったんだよ」

冗談っぽく口を尖らせながら、重野さんは優芽ちゃんにキャラメル色の一杯を渡す。

「特製ミルクコーヒー、冬バージョンです」

「ありがとう！」

優芽ちゃんは嬉しそうに一口飲んで、「やっぱりどこのカフェよりもおいしい！」と絶賛する。

「こうしてまた足を運んでくれて嬉しいよ」

優芽ちゃんの笑顔を見ながら、思ったことをすなおに伝える。

「だって、ここも私にとって大事な居場所のひとつになったから。周りの言葉ばっかり気にしないで、自分の好きなことをやっていい、自分自身に向き合うことも大切って、ここが教えてくれたから」

「ありがとう」

優芽ちゃんの言葉が、一年間ＡＳＨＩでやってきたことを肯定してくれるような気がした。優芽ちゃんはそのまま、雪が舞う空を眺めながら話す。

「さっき話してくれた、お母さんの話を聞いてて思ったんですよ。なんかみんな、誰かのために生きすぎなんですよね。私も一時期はフォロワーが求めるコンテンツを作らなきゃって思ってたし、きっとそのお母さんも息子のためにって思ってただろうし。

一般的なことしようとか、みんなと同じように頑張ろうとか、けっこうそういうことで、エネルギー使いすぎてる感じ」

「そうだね。私もそうかもしれない」

私はずっと、両親という存在にとらわれすぎていた。両親のことを考えたり、逆に避けたりすることに疲れていた。だから距離と時間が必要だった。マーダー・ミステリーですべての謎が解けた瞬間みたいに、はっきりと自分自身の答えが見えてきた。

「もっと自分のために生きていいんですよね。私なんて、ビーズでいろいろ作って楽しいだけだし」

「僕もおいしい一杯のコーヒーに、人生を捧げてるよ」

重野さんが胸をぽんと叩くと、「最高」と優芽ちゃんが頷く。

「私は……」

この一年間で出会った人たちの物語が、まるで絵本みたいに頭のなかをよぎっていった。

もっと職場で求められる優秀な人間になるべきだ、と一生けん命になっていた加賀さんが、黄色いドラゴンの羽を携えて飛び立っていった春の空。

ＳＮＳで炎上して自分の居場所を見失っていた優芽ちゃんが、自分自身が輝ける道を転がっていった先に見つけた宝石の光。

新田さんが大切なパートナーとの関係性を濁《にご》らせないよう、いつの間にか自分の色を重ねていたことに気づけたときの二人の間に見えた美しい色あい。

悠斗くんが描きたい絵の全貌を見ようと、高台を作り上げて葉子さんが起こした、クリスマスの奇跡。

ページをめくれば、もっとたくさんの出会いがあった。そして出会いの一つひとつに私は自分自身を照らし合わせて、さまざまな考えを巡らせてきた。そこにはいつも絵本があって、人との関係性を紡《つむ》ぐ起点になってくれていたのだ。

「絵本が好き」

私はこのトラックに載せた絵本を、すべて読んでいる。絵本が語りかけてくるメッセージに耳を傾けてきたから、きっとここに訪れた人たちとも向き合えた。

「私、絵本が好きなんだな」

もう一度つぶやいたら、自分の中で育ってきた想いが、確かな結晶になった気がした。

6

大きめのボストンバッグを久しぶりに出して、何日か分の下着や着替えを詰める。

ところで実家に行くときの準備って、何が必要なんだろう。昔着ていた服は、そのまま置いてあるんだろうか。そんなことまで悩んでしまうくらい、実家に帰るのは久しぶりだった。

先日、仕事も無事に納めた。忘年会では珍しくお酒を呑《の》んだ。隣に座っていた高塚《たかつか》さんに、「年末、久しぶりに実家に帰るんです」と心の中の不安を吐露《とろ》すると、「お土産を買っていったら？」と軽く提案された。

「お土産って相手のことを気遣って買うイメージが強いかもしれないけど、自分にとってのお守りにもなるんだよ。とりあえずお土産を渡しとけば、相手は気持ちよくなってくれるはずって、なんか安心できるじゃん」

高塚さんらしい視点だな、と私はくすくす笑う。

「それで、もうこりゃ無理だって思ったらすぐ帰ってくればいいのよ。そのときも、お土産を渡すために行ったんだからミッションクリアって思っとけば、気が楽でしょ。いつでも撤退準備をしておく。それが戦場に行くときの鉄則です」

高塚さんのアドバイスには説得力があったので、私は休暇に入ってから、すぐお土産を買った。これはお守り。いつでも引き返していい。そう自分に言い聞かせて、バッグにお土産を詰めてファスナーを閉める。

長い電車の道中では、美月とメッセージをいくつかやりとりした。地元で見つけた隠れ家レストランを特別に紹介してあげよう、どこに行きたいか言ってごらん、と美月からいくつものグルメレポートのURLが送られてくる。

どれもおいしそう、とページを見ているだけで気持ちは和《やわ》らいでいった。

そんな中、メールが一通届いた。通知を見ると、重野さんだ。重野さんがメールを送ってくるなんて珍しいと思いながら開くと、短いメッセージとURLがついていた。

――りんちゃんへ。もしも話しているときに見たくなったら、これをお父さん、お母さんと一緒に見てね。子どもたちに教えてもらって作ったよ。重野。

ＵＲＬを開くと、クラウドサービスを使って作られた写真のアルバムだった。ＡＳＨＩの車体や、本棚。私が書いた看板。それに、私がお客さんに絵本を紹介している姿や、話して笑っている横顔などが並んでいる。

こんな写真、いつの間に撮っていたんだ。最初は頬が熱くなったが、やがて嬉しい気持ちがふくらんでいく。どの角度も、重野さんがコーヒーを準備している場所から撮影したのがわかる。きっといつか振り返れるように、準備してくれていたんだ。

大丈夫。きっと大丈夫だ。

私はスマホをしまって、車窓に視線を送った。

からりと晴れた寒空の下、過ぎていく街並みはもう、だいぶ田舎の景色になってきている。もうすぐ、到着だ。私は大きな深呼吸をした。

第4話のまとめ

「過度の一般化」に陥らないために

たった一度の失敗で「どうせ私は何をしてもダメだ」なんて落ち込んでしまうことはありませんか？

それは「過度の一般化」と呼ばれる思考のクセです。ある出来事を他の多くの出来事に当てはめて結論づけてしまうのが特徴で、その結論からネガティブな感情を引き起こしやすいことが問題です。

「過度の一般化」は、自分に対してはもちろん、他の人に向けられることもあります。例えば、子どもが学校にたまたま持っていくものを忘れると「何をやらせてもダメ」と怒ってしまうとか、算数のテストの点数が悪かったら「もう受験はどこにも受からないのでは」と心配になってしまうとか。これもよくある「過度の一般化」のパターンです。もっと発展すると「今ですら他の子と比べてうまくいっていないんだから、将来もこのまま失敗し続けるのでは」といった想像をしてしまう、なんてことにもなりかねません。

失敗から学び、次も起こり得るトラブルを予測することは、転ばぬ先の杖とも言えます。もしも忘れ物が多いなら、なぜ忘れたのか原因を分析したうえで、「次も起こる可能性が高いトラブル」に対して対策を打つのは悪いことではありません。

しかし、「だから私（あなた）はダメだ」という結論に結びつけてしまうと、「私（あなた）なんて大嫌い」という飛躍した感情が生まれ、過剰なストレスを自分や相手に与えることになります。特に、親子の間で「過度の一般化」を押し付けてしまうと、子どもは自信を失い、自分らしく過ごすことができなくなるかもしれません。

もしも自分がつい「過度の一般化」をしてしまう傾向があると感じるならば、何かある物事が起こったとき、その物事を細かに観察してみると良いかもしれません。そうすると、問題の中心は何なのか、そもそもそれは問題なのか、何にどれほどの影響が出るものなのか——など、さまざまな問いを立てることができます。それらに向き合うことで、できないことの影響の範囲や、逆にできていることが自然と見えてくるはずです。

エピローグ

epilogue

1

久しぶりの実家の外観は、ずいぶん印象が変わっていた。書店だったスペースが空《から》っぽになっていることが原因だ。

昔はガラスの向こうに、所せましと並んだ本が透《す》けていた。それに、近隣で開催されるイベントのチラシなどがガラスに貼られていた。葦田書店という看板と木製の屋外用の棚がドアの前に置かれていた。そのすべてが、ない。

あんなに避けていたのに、いざ何もなくなってしまった元店舗の空間を目の前にすると、胸が締め付けられる。

しばらく立ち尽くしていたが、一度呼吸を整えて、自宅の玄関に続く狭い通路に入る。比較的大きな道路に面している入口は葦田書店の店舗用の入口で、住宅が並ぶ小道のほうに折れたところに、自宅用の入口がある。

昔は伸びた雑草がちくちく当たって歩きづらかった飛び石の周りが、きれいに整えられている。両親もようやく庭に手を入れる時間ができたんだな、と想像できた。

記憶と変わらないインターフォンの色あせたボタンを押し込むと、昔ながらの音が鳴る。ほどなくして、ドアが開いた。

出迎えてくれた母は、記憶の中の姿よりもすこししわと白髪《しらが》が増えていた。おそらく、最後に会ったときから五年ほど経っている。かなり久々の再会にもかかわらず、大きなリアクションもないし、表情の変化も読み取りづらい。実家を出てから数えるほどしか会っていないのは、毎回この対応だからというのもある。

「久しぶりだね」

その一言からも母の感情がいまいち伝わらなくて、私は生ぬるい温度感で「うん」とだけ返す。ボストンバッグを玄関に置き、靴を脱ぐ。その靴をそろえるとき、父が仕事で履いていた靴が奥にしまわれていることに気づいた。見慣れないスニーカーが手前に来ている。

廊下を踏みしめると鳴るギュ、ギュ、という音が記憶と重なる。調味料や柔軟剤の匂いを混ぜて濃く煮詰めたような匂いが、強く感じられた。きっと昔からあった匂いなんだろうけれど、久しぶりに来たからこそ認識できる。

一階には台所と小さなリビングが並んでいる。そのほかには風呂場とトイレしかない。書店が面積の大半を占めるからだ。

置いてある家具やカーテン、壁時計などは記憶と一致するが、全体的にこざっぱりした印象だった。庭と同じく、時間ができたから片付けたのかもしれない。

「お茶飲む？」

「うん」

母親が台所に立つ背中を見ながら、自分がかつて座っていた椅子を選んで座る。

「お父さんは？」

ケトルの湯気が台所の窓の光に透けている。私の問いに、母は振り返らず答える。

「上の和室。呼んでもいいけど」

「いや、いい。……体調は？」

「最近はずいぶんいいよ。今朝もお散歩行ってた」

母の手元で湯が注がれる音がして、日本茶の香りがただよってきた。

「お茶、上で三人で飲もう」

私が提案すると母の手が止まる。変なことを言っただろうか、と思わず息を止めるが、再び動き出した手は、自然な流れで茶碗を三人分準備し始めた。

やっぱり母の行動に、つい過敏に反応してしまう。体にしみついて取れないクセみたいなものだ。

お盆に三人分の茶碗と急須をのせて、母は階段を上る。その後ろをついていきながら、緊張でじっとりした汗をかいていることに気づく。

「お父さん、りんが帰って来たよ」

2

和室の真ん中には小ぶりな四角い座卓と座布団が用意されている。そこだけが共用スペースになっていて、壁には本棚と父用の小机が置いてある。ここは父が現役時代、ときおり来客があったときにその人を通していた応接間的な和室だ。

父は小机に向き、私たちには背を向ける形で本を読んでいるようだった。読書灯の逆光で浮かび上がる丸まった背は、記憶の中のものと重なる。

父は「うん」とも「おお」ともつかない返事をして、座布団ごと体を回してこちらを向く。

ずいぶんと瘦《や》せた。母よりも印象が大きく変わっている。私は動揺して直視できず、視線をそらす。

母は四角い机に茶碗を三人分置き、日本茶を注ぐ。父はその一つを手に取った。

「あ、あのお土産」

ちょうどお茶に合いそうだからと、紙袋から菓子の箱を取り出す。

もうこれで、ミッションクリア。高塚さんの言葉が頭によぎって、すこし緊張がほぐれた。

「ありがとう」

母はそのまま菓子をテーブルの中央に取りやすいような形で開いて、父はすぐに袋をひとつ破き始める。その間、話題を振られることもない。何か言おうと口を開くが、両親のほうは沈黙を気にしている様子がないので、そのまま黙って茶をすする。

これが、うちの家族のコミュニケーション。昔はこの沈黙に息が詰まるような居心地の悪さを感じたものだが、今になってみると、この二人にとってはこれが自然なのだろうと思える。

「庭、きれいになったね」

どうしても店の話題を振る気になれず、最初に聞けたのはそれだった。

「ああ、雑草取ったからね。お店閉めてから」

母が茶をすすりながらこともなげに答える。

「お店、うん。やっぱり、からっぽなのを見たら」

さみしかった、と続けようとして言葉が詰まる。何も関与していない私が、そんなこと感じていいのだろうか、と不安になる。母が言葉を継いだ。

「初めて見るとけっこうびっくりしたでしょ」

「うん」

父は無言のまま菓子を食べていたが、のどに詰まったのか小さく咳払いをする。

「田舎の個人書店にしてはよく頑張ったほうだよ。ね、お父さん」

母が話題を振って、ようやく父は口を開いた。

「車で十分くらいのところにショッピングモールができてからは、なあ」

「あそこの本屋で、大概の本はそろうからね」

「それでも頑張ってはみたけどな」

「最後のほうは頑張りすぎたね」

「まあ、そうだな」

「もう年齢も年齢だし、潮時だったでしょ」

「まあ、な」

「休み方を知らないからね、この人は」

父は母の言葉に、口の端で小さく笑う。両親の会話は、昔より少し円滑になっている気がする。食卓での会話は、もっとぶつぶつ切れていた記憶がある。

二人の間に流れる空気は、自分の思い出の中よりゆるやかになっていた。

「今は、ゆっくり休めてる?」

私も二人の会話を継ぐように、父に問いかけてみる。

「一時は何もできなくなったからな。ずいぶん長く休んだよ」

「燃え尽きたって感じだったね。ご飯もろくに食べられなくなって、ずっと寝込んでたから。今は落ち着いてホッとしたよ」

私はたった一年だけれど、絵本を貸し出す活動をしてきた。そして、その活動に自分の心の火が灯るのを、確かに実感した。一方の父は長年書店を構えて経営してきたのだから、もっと大きな炎を燃やし続けてきたはずだ。そしてそれを閉めるときには、大きな心の負担が生じただろう。

その想像ができるようになると、記憶の中で書店のことばかり考えていた父や、それを支えていた母の気持ちが、ほんの少し理解できるような気がする。

「二人が託してくれた絵本を貸し出す、移動図書室の活動、続けさせてもらってるよ」

私はようやく、報告を始められた。父と母の視線が私に注がれるのを感じて、緊張する。

「まず、絵本を提供してくれてありがとう。お父さんとお母さんにとって、大切な宝物の一部だよね。今は、たくさんの人に、手に取ってもらえているよ」

私はスマホを出して、重野さんが作ってくれたアルバムを開いて卓上に示す。母はそれをのぞきこんで、慣れない手つきで写真を拡大したり、一覧を指で流したりして、目を細めた。父もわずかに重心を移動させて、その画面をのぞきこむ。

「ほお……こんなふうにやってるのか」

父から漏れたのは、感心したような声だった。

「お礼を言いにくるのが遅れて、ごめん」

ずっと言いそびれていた「ありがとう」と「ごめん」を言えたことで、心の中の淀《よど》みが解消されていくのがわかる。ただ、それはあくまで自分の中で起こっていることだ。両親が実際にどう感じているのかは、わからない。

「気にしなくていいよ。あの絵本は、そもそもりんに残したものだったからね」

私がその言葉にぽかんとしていると、補足するように母は話す。

「店を閉めるとき、在庫をすべて返品するかどうか悩んでね。りんに何か残してやれるものはないかって考えたけど、本自体は別に好きじゃなかったでしょう。それで、絵本だけ残そうかってお父さんと話し合って決めたの」

母が父に視線を送ると、そうそう、というように一つ頷いて、父が続けた。

「いつかりんの子どもが読むかもしれないから」

「ああ、別に孫が欲しいとか、そういうこと言ってるわけじゃないよ。仮に子どもができたら、って話ね」

父と母のやりとりが、じんわりと心に染み入ってくる。あの絵本は、二人が私のために残してくれたものだったなんて。そんなこと、想像したこともなかった。

「それに、絵本は『いつでも立ち戻れる』からね。心が疲れるとなかなか読書ができないけれど、絵本は不思議と読めるっていう人もいる。大人になってから読む絵本も、いいもんだよ」

母が続けて話してくれた絵本の魅力は、ＡＳＨＩの活動を通じてまさに感じていたところだった。私は身を乗り出して思わず話を奪う。

「私もそう思った。絵本にはたくさんの読み方があって、想像力もふくらむし、その時々の悩みに寄り添ってくれる気がしたの。いろんな人に絵本を紹介してみて、年齢関係なく楽しめるものなんだって気づいた。いつでも立ち戻れる。ほんとうにそう。幼いころに読んだ絵本を見つけて借りてくれた人もいたし、絵本がきっかけで自分のやりたいことを見つけられた人もいた。大切な人との関係性を修復できた人も。それは絵本だけの力じゃないけど、絵本を読むことで、自分と向き合う。そういう時間を作れることって、すごく大切なんじゃないかって最近は思う」

父と母が目を丸くしている。

思わず話してしまった。頬がかっと熱くなる。

「そんなに、絵本好きになったのか」

父の目元がゆるく細められるのを見て、初めて両親に自分の気持ちを打ち明けられたのだと感じた。

「いや。好きじゃなくてもいいんだけどな。絵本コーナー、最後まで守ってよかった」

ひとりごとのように父は続けた。

「……正直、あの頃は書店のことで精いっぱいだったからなあ。でも、親の気持ちを子どもに押し付けるのは、違うだろ。だから、りんとはあんまり話してこなかったな。本のことも、書店のことも」

　母は口元を緩めながら、茶をすする。

「とりあえず、りんが自立するまでは閉業するわけにはいかなかったし、お金の心配もさせたくなかったからね」

　私はずっと、両親は書店経営に生きている人だと思い込んできた。でもほんとうは、家族を守るという大きな目的のもと、あの必死さがあったのかもしれない。

　もちろん、父は本が好きでたまらない人だ。だからこそ、その気持ちで私に負担をかけないように、本の話を避けてきたのか。私が感じてきた疎外感は、父の優しさから生じたものだったのだ。

　今までの自分がいかに思い込みだけで両親を見てきたか痛感して、私は恥ずかしくなる。もっと前に教えてほしかった、と叫びたい。それと同じくらい、もっと自分も気持ちを伝えればよかった、という後悔も押し寄せる。

「託した絵本をこうして活かしてくれているのは、嬉しいよ。どう使っても、りんの自由だからな」

父は私のスマホに映し出されたＡＳＨＩの様子をもう一度見返している。

「私、この移動図書室の活動でほんとうにいろんな人と出会えて、自分も変わるきっかけをもらえた。それができたのは、絵本のおかげだと思ってる。ほんとうにありがとう」

もうこれ以降は後悔しないように、私は感じていることを言葉にしていく。両親に自分の気持ちを伝えることに慣れていなくて胸のうちがそわそわするが、二人の表情を見ていれば、「大丈夫、言ってもいい」と理解できる。

「あのね、私、本が嫌いだったわけじゃないんだよ。ただ、二人が一生けん命やっていることを邪魔したくないと思っていたし、二人ほど本に熱中できないっていう負い目があったから、避けてきただけ。私は昔から、本が大好きでそれを仕事にしているお父さんと、サポートを全部しっかりやるお母さんが、なんだかこわかった。自分はいくら頑張ってもそんなちゃんとした人間にはなれない気がして、せめてできるだけ迷惑かけないように、失敗しないように、それぱっかり考えてきた」

「やだ、そんなこと思ってたの。りんはりんじゃない」

母の声が、私のネガティブな本音を包み込むように響いた。

「まあ、なんだ。そんなに頑張らなくてもいい」

父の言葉に、母が笑う。

「あなたがそれを言う？」

「それもそうか」

「ほんと、親子だわ。真面目なところも、気負いすぎなところも似てる」

ああ、私たちは似ているんだ。

言葉にする前に頭の中で考えてしまう。周りに頼ることなく頑張ることも多い。結果的には、必要以上に疲れている。父もそうだったのか。

交わす言葉一つひとつから、自分に照らし合わせて両親のことを知っていく。

ほんとうはずっと気になっていた。

自分は両親にとって、いったい何なのかと。

書店がそんなに大事なら、子どもなんていらなかったじゃないかと思ったこともあった。ただのお荷物になっているようで、自分が大嫌いだった。

でも、ようやくそうじゃないとわかった。

「それで……図書室は続けるのか、これからも」

父からの問いに、私はこくんと頷く。その気持ちに迷いはないが、大好きな活動だからこそ、もっといろんなことも考え始めていた。

「私はこれからも続けていきたい。重野さんと相談しながら、お互いが無理のないペースで続けられたらいいなって思ってる。ただ、ついつい頻度が高くなってしまうと、仕事と両立するために無理してしまうこともあったの。だから、逆に仕事をどうするか、自分の生活をどうしていきたいか、もうちょっと考えてみようと思う」

絵本の魅力を伝えることを、何か仕事にできればいいのに。そのぼんやりとしたイメージは、まだ言葉にはしなかった。これからどうするかは、ゆっくり考えていけばいい。

「やりたいようにやればいいよ。応援してる」

母のその言葉が、ぽん、と未来の自分の背中を押してくれた気がした。

◆3◆

季節は巡る。あたたかな太陽の光に目を細めながら青空を仰ぐと、もうすこしで満開の桜が白く光っている。春うららかという言葉がこれほど似合う日曜日があるだろうか。

「この公園前の広場、去年の春ぶりかな」

重野さんが気持ちよさそうに伸びをする。

そうだ、ここは加賀さんと出会った広場だ。

「もう一年経《た》つんですね」

私はＡＳＨＩのエプロンを首にかける。春の光を浴びて、優芽ちゃんのビーズも嬉しそうに輝いている。

「そういえば、重野さん。相談があるんです」

「なになに？」

「加賀さんが連れてきてくださった起業家のお友達、覚えていますか。とうとう事業を本格的に始めたんですって。毎年多くの本が返品・廃棄されていることを課題として、その本を最適な形で活用するっていう内容らしいです。それで、その活用先のひとつとして、ＡＳＨＩに声をかけてくれました。廃棄予定の絵本をいただいて、ここで紹介できる本を増やしていく。どう思います？」

「いいと思う。新しい絵本との出会い、ワクワクするね」

「はい！　……ただ、ひとつ心配が。このトラックには限界がありますよね」

「そうだね。今もたくさん積んでいるからね」

「じゃあ、絵本が増えていったとき、どうしようって。そこで考えてるんですけど、私……その、絵本専門の古本屋にも、挑戦してみようかなって。まだ考えてるだけですけど」

　重野さんは驚いた表情をしてから、口角をどんどん上げていって、やがて拍手をした。

「もちろん、書店の経営が大変なことは両親のことを見ていたらわかるし、遊び半分でやることじゃないって重々わかってます。だから、よく考えます」

「もしやるとしたら、一番そばにベテランの先輩がいるんだから、頼もしいね」

「あと、もうひとつ考えているのは、ＡＳＨＩの活動に共感してくれる人に、もう一台トラックを走らせてもらうこと。移動図書室二号を開くイメージです」

「それも面白そうだね。そっちでは紅茶をふるまう人がいるといいかも？」

重野さんは現実的な難しさよりも、まずは楽しさを優先させてくれる。だから私は笑いながら、安心して無謀なアイデアを話せる。

「まだ何をどうするかは全然決められないし、このまま何も始めないかもしれない。でも、とにかく絵本の紹介は続けていたいです」

「よし。僕も、自分のコーヒースタンドを開く覚悟が決まるまでは、ここで腕をふるうよ」

自分のやりたいように。誰かのためじゃなく、自分のために生きていい。

今はその言葉の手触りを、心の中で確かめられる。

公園に遊びに来た子どもたちや犬の散歩中の人などが、絵本に興味をもって立ち止まってくれる。重野さんのコーヒーの香りに誘われて、つい吸い寄せられる人もいるようだ。

一人ひとりに、おすすめの一冊を。

この時間が、私にとってのしあわせだ。

ざあ、と風が吹いて髪の毛をかきあげると、こちらに向かって歩んでくる二人の姿が見えた。

「あ……」

父と母だ。一瞬、時が止まったように感じられる。

思わず重野さんのほうを振り返ると、重野さんはすべて知っていたようで、落ち着いた優しい笑顔で頷いた。今日ここでＡＳＨＩを開くことを伝えたのは、きっと重野さんなのだろう。

「こんにちは」

すこし照れながら、いつも来てくれた人に向ける笑顔で、同じあいさつをする。

父は、自分が大切にしてきた絵本が春の日差しをあびている様子と、それを手に取る人々の姿に視線を送る。目じりが光った瞬間、ぱっと下を向く。

「お父さん、珍しく感動しちゃって」

母は笑ってから、重野さんにあいさつしに行く。

父も重野さんと話したいのだろうと思ったが、そのまま私のところに残っている。

これはどういうことだろう、と、何かを待っているような父の表情をうかがっていると、しびれをきらしたように父は言った。

「絵本、おすすめしてくれないのか」

「えっ」

まさか絵本を借りるつもりがあったとは。だってここにある絵本は、すべて父の書店にあったものだから。でも、もしかしたら、私がどんな活動をしているのか、体験を通じて知りたいのかもしれない。私はこほん、とひとつ咳払いして、なるべく通常モードでいられるよう切り替える。

「ところで、今日はどうして東京に？」

「……そうだな。ようやく元気になってきたし、あたたかくなってきたから、お母さんが旅行にでも行こうって。バスで温泉街に行く予定なんだが、どうせ東京から乗るんなら、東京でも寄りたいところに足を運ぼうっていう流れになって。それで、まあ……せっかくだから、移動図書室を見ていこうかな、と」

いつもは言葉数が少ない父が頑張って説明している様子に、思わず頬が緩む。

「なるほど。でしたら、旅先で邪魔にならない、小さめのサイズの絵本が良さそうですね。それにこのあと温泉旅館で二人で読めたら、素敵かも。それなら……」

私は本棚に向き合い、指でなぞる。たくさんの物語たちが、指の先でさざめく。

今までずっと書店を支えてきた二人が、ようやく羽を伸ばして旅行を楽しむ。両親が二人でどこかに出かけるなんて、私が知る限り初めてだった。私はこれからの二人の時間が、しあわせで、おだやかであることを願う。書店を中心に回っていた生活から、新しい生活へと切り替える節目のタイミングにある二人に、ぴったりな一冊を贈りたい。

ぴた、と指を止める。この絵本だ。小ぶりなサイズの絵本をそっと本棚から引き抜く。

「これがおすすめです」

私は父に、その本を手渡す。父の顔が、驚いた表情のまま固まる。

「どうして、この絵本を……」

「この絵本は、とてもあたたかくて。愛という言葉はひとことも出てこないけれど、愛を感じる。特にお気に入りの一冊なんです」

父の複雑そうな表情を見て、おすすめする絵本を誤ったのかと不安になったが、今までずっとこうして選んできた自分の感性を信じることにした。

「そうか……」

父は受け取った絵本の表紙を撫でて、しわが刻まれた目元に涙を浮かべる。無骨な指先が震えているのを見て、私まで目頭が熱くなる。

「ありがとう」

父がこんなにもまっすぐ感謝の気持ちを伝えてくれたのは、初めてかもしれない。

手渡した絵本の表紙に、一粒の涙が落ちている。

こんなにも、父に絵本の紹介が響くとは思わなかった。私は痩《や》せた父を抱きしめたい気持ちに駆られたが、父は間もなく、逃げるように重野さんのほうへと歩いていく。

母はその手元に抱かれた絵本の表紙を見てから、入れ替わるように私のほうへと近寄ってきた。

「あの絵本、お父さんが借りたいって言ったの?」

「ううん、私がおすすめしたよ」

「あら」

母が目を丸くするので、「なんで?」と私は首をかしげる。

「あの絵本、お父さんが小さい頃のりんにいつも読み聞かせていたから。私もよく覚えてる」

その言葉をきっかけに、幼い頃の記憶が一気に呼び戻された。

まだちいさかった自分が、父の膝の上に座っている。小ぶりな絵本だったから、父の手が大きく見えたのだった。やわらかなタッチで描かれた木の絵。それを取り囲む家族、子どもたち。

父に背中を預けながら、読み聞かせてもらった物語。

「家の庭に植えられた木が、家族をずっと見守っている物語よね。最初は子どもたちと同じくらいの背丈で、どんどん伸びて、親世代が老いて、庭が荒れて、世話されなくなっても、ときどき訪れる子どもたちを見守って、やがて木は切り株になって……」

母が思い出しながら話すあらすじが、読み聞かせてくれた記憶の中の父の声とも重なっていく。

言葉が少ない父だったが、絵本を読み聞かせするときの声の響きは今も体の中に残っている。節くれだった手がページをめくる音も、呼吸の感覚も。

「あれは、お父さんが一番好きな絵本だね」

母の一言が自分の思い出とつながり、言葉にならない感情がこみあげてきて、私は顔を覆った。

「まあ、ほんと親子そろって」

母の優しさを含んだ呆れ声。指の間から見える、潤んだ世界。父も重野さんに肩を抱かれながら、目元を拭《ぬぐ》っていた。

これからＡＳＨＩがどこへ行くのかは、まだわからない。けれど、自分自身と、目の前の人たちに向き合って、しあわせをひとつずつ確かめていけば、きっといい方向に進んでいく。絵本はきっと、その道しるべになってくれる。

私は目じりにたまった涙をふいて、大きく深呼吸した。潤んだ目で捉えた春は、光が反射してまぶしい。

「みんなでコーヒー飲もうか」

重野さんの提案に満面の笑みで応じながら、私は今、ここにあるしあわせを噛みしめた。

イラスト　ふうき
装丁　鳴田小夜子（KOGUMA OFFICE）
編集協力　宿木雪樹

藤野智哉（ふじの・ともや）
1991年生まれ。精神科医、公認心理師。秋田大学医学部卒。精神科勤務と医療刑務所の医師を務めるかたわら、著述業にも精力的に取り組み、専門知識を優しく解きほぐす語り口で幅広い世代から共感と支持を集めている。『「誰かのため」に生きすぎない』『「そのままの自分」を生きてみる』がシリーズ累計5万部を突破し話題に。ほかに『精神科医が教える 子どもの折れない心の育て方』『自分を幸せにする「いい加減」の処方せん』『精神科医が教える 生きるのがラクになる脱力レッスン』など、著書多数。

「あなたの居場所」はここにある
精神科医が本気で書いた心をいやす物語

2025年3月31日　第1刷

著者　藤野智哉
発行者　小宮英行
発行所　株式会社徳間書店
〒141-8202
東京都品川区上大崎3-1-1　目黒セントラルスクエア
電話　編集 03-5403-4349　販売 049-293-5521
振替 00140-0-44392
本文印刷　本郷印刷株式会社
カバー印刷　真生印刷株式会社
製本所　東京美術紙工協業組合

ISBN978-4-19-865987-5